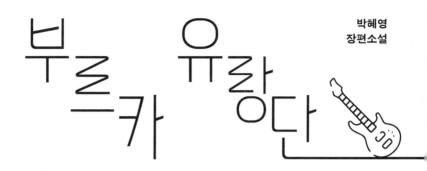

박혜영
장편소설

부르카 유랑단

박혜영
장편소설

인도네시아 10대 여성 헤비메탈 밴드

VOB(Voice of Baceprot)에게 사랑과 존경을 담아

* 소설을 쓸 당시에는 몰랐으나,

2024년 출간 준비를 하며 우연히 기사를

통해 처음으로 밴드의 존재를 알게 되었다.

사랑과 응원을 전한다.

차례

부르카 유랑단
등장인물

장아란(기타리스트)

맞벌이 부모 밑에서 야생마처럼 방치된 인물. 전교에서 '찐따'를 뜻하는 '찐'으로 불리고 있다. 늘 혼자 화장실에서 밥을 먹다 어느 날 결심한다. 당당하게 혼자 밥을 먹기로. 풍선껌 불기가 특기.

돌리 센 샤르마(보컬)

인도 콜카타에서 온 무슬림 소녀. 엄마가 떠난 후 아빠가 이상해졌다. 관습과 공부를 강요하는 아빠가 무섭기도 하고 안쓰럽기도 하다. 등교할 때는 부르카를 입고 갔다가 화장실에서 부르카를 벗고 화려하게 변신한다. 입버릇처럼 하는 말은 에라, 모르겠다.

신자옥(베이스)

이른바 다문화가정으로, 할머니와 함께 사는 소녀 가장이다. 기초생활수급자를 뜻하는 '기생수'로 불리고 있다. 베트남어로 '안녕'을 뜻하는 '신짜오'와 비슷한 이름. 엄마가 지어줬다는데 자옥에게는 촌스럽게만 느껴진다. 어느 날 엄마의 행방을 알게 되고, 엄마가 있는 나라 베트남에 가기 위해 비행기 티켓 비용을 벌기로 한다. 음악을 통해.

김지호(키보드)

우울증과 불안장애로 정신과 약을 복용 중이다. 병의 원인이 뇌에 문제가 있어서인지, 무관심한 아빠와 바쁜 엄마 때문인지 알쏭달쏭하다. 어느 날, 다정하고 친절한 남자친구를 만난다. 즐거움은 잠시, 시간이 지날수록 남자친구가 점점 자신에게 집착하기 시작한다.

공연

　음악이 끝나도 사람들은 떠날 줄을 모른다. 객석은 관객들로 가득 차 있다. 어깨와 어깨가 맞닿은 비좁은 공간 안에 거친 숨소리가 퍼진다. 무대의 불이 꺼진다. 열기는 가시지 않는다. 사람들의 몸에서 소금기 어린 굵은 땀방울이 떨어진다. 관객들이 앙코르를 연호한다. 이대로 돌아가기엔 어쩐지 아쉽다는 듯이. 모두가 같은 마음인 것 같다. 터질 것 같은 흥분감이 객석을 사로잡는다.

　조명이 다시 켜진다. 어두웠던 무대가 한순간에 밝아진다. 사람들이 환호성을 지른다. 네 명이 무대 위로 뛰어나온다. 오늘의 무대를 빛낸 주인공들이다. 그들은 감격스러운 얼굴로 객석을 향해 인사를 한다. 아니, 얼굴은 보이지 않는다. 그들은 이슬람 전통의상인 부르카를 머리부터 발끝까지 둘러썼다. 천장의 조명이 스포트라이트를 비춘다. 태양처럼 눈부신 빛이 부르카의 검은색과 대비되어 더욱 극적으로 보인다.

고양이 귀 모양 머리띠를 한 부르카가 기타를 잡는다. 폭발하는 듯한 강렬한 사운드가 무대를 휘감는다. 관객들의 환호성이 커진다. 해바라기 모양의 머리띠를 걸친 부르카가 베이스를 어깨에 걸친다. 규칙적인 베이스 소리가 질주하는 기타음에 맞춰 안정적으로 어우러진다. 나비 무늬 머리띠를 한 부르카가 키보드 건반 위에 손을 올려놓는다. 단조롭던 화음이 더욱 풍성해진다. 사람들이 반주에 맞춰 몸을 흔든다. 마지막으로 리본 머리띠를 하고 부르카를 입은 주인공이 마이크에 입을 갖다 댄다. 독특하면서도 감미로운 미성이 마이크를 타고 흘러나온다. 어디서도 들어보지 못한 목소리가 공간을 타고 하프처럼 공명한다. 사람들의 눈이 홀린 듯 무대로 고정된다.

공연이 다시 시작된다. 관객석이 불 지핀 열기구처럼 달아오른다. 누군가는 휘파람을 불고, 누군가는 리듬에 맞춰 박수를 치고, 누군가는 무지개색 깃발을 흔든다. 누군가는 춤을 추고, 누군가는 노래를 따라 부른다. 옆에 서 있는 연인과 달콤한 키스를 나누거나, 부르카 4인방의 이름을 연호하는 이도 있다. 밤이 깊어가도 누구도 떠날 줄을 모른다. 지금 이 순간이 영원히 계속되기라도 할 것처럼. 사람들은 웃고, 노래하고, 온 힘을 다해 소리지른다. 펜스가 보이지 않을 정도로 드넓은 야외무대 위로, 달궈진 팬처럼 뜨거운 보름달이 뜬다. 공연이 계속된다.

기타-아란

아란은 발을 떼었다. 언젠가, 닐 암스트롱이 달 표면에 첫발을 내딛던 것처럼. 기다란 복도는 미지의 우주처럼 드넓어 보였고, 최종 목적지는 그보다 더 멀어 보였다. 아란은 한걸음, 한걸음을 신중하게 옮겼다. 그는 말했다. 이것은 한 인간에게는 작은 걸음이지만, 인류에게는 위대한 도약이다. 그의 작은 한걸음이 인류의 역사를 바꿔놓았듯이, 이제 아란이 속해 있는 세계도 근본적으로 변화를 맞이할 터였다. 전세계 수억 명의 사람들이 텔레비전을 통해 그 광경을 지켜봤다고 했다. 아란도 다르지 않다. 다만 지금은 응원할 시청자들이 없다는 게 다른 점이었지만.

끝나지 않을 것 같던 긴 회색 복도를 지나 아란은 멈춰 섰다. 학교 급식실 앞이었다. 불투명한 유리문이 굳게 닫혀 있어, 밖에서는 안이 잘 보이지 않았다. 크게 심호흡을 한번 했다. 유리문에 입김이 서렸다가 금세 사라졌다. 손바닥에 땀이 배었다. 붉은 체크무늬 교복치마에 손을 문질러 닦았다. 그래도 땀이 계속 났다. 왼손을 재킷 주머니에 찔러 넣었다. 고등학교에 입학하고 6개월 만에 처음이었다. 이렇게 급식실 앞에 서게 된 것은.

그전까지 아란의 식사 장소는 주로 화장실이었다. 등교할 때 사 온 편의점 도시락을 변기 뚜껑 위에 펼쳐 놓고 허겁지겁 밥을 먹었다. 데우지 않은 도시락은 차가웠다. 식사 시간은 10분을 넘기지 않았다. 화장실에서는 지린내를 지우려 뿌린 락스 냄새가 지우지 못한 지린내와 버무려졌다. 바닥은 축축했고 쭈그려 앉기에는 자리가 좁았다. 그래도 아란은 괜찮았다. 혼자 먹는 모습을 남들에게 들키는 것보다는.

점심시간이 가까워지면 아란은 초조하게 시계를 주시했다. 12시 정각이 되면 책상에 엎드렸다. 몸의 어느 한 부분이 불편하다거나 때로는 졸려서 참을 수 없다는 듯이. 학생들이 점심을 먹으러 교실을 나서고 정확히 10분 뒤, 아란은 자리에서 일어났다. 빈 교실에서 도시락을 먹을 수도 있었지만 조심하고 싶었다. 물건을 놓고 왔다며 교실에 누가 올지도 몰랐으니까. 도시락을 사 오지 못할 때도 있었다. 그럴 때면 그냥 굶었다. 정 배고프면 수돗물을 마셨다. 배가 고파서 수돗물을 마시는 건 탑골공원 할배들 때나 있었던 일이라고 하던데. 혼자 먹는 밥은 적응이 되지 않는다. 언제나 그랬듯이.

그날도 아란은 화장실에 있었다. 편의점에서 사 온 참치마요 도시락을 변기 뚜껑 위에 올린 채로. 하얀 쌀밥 위에 스크램블된 계란이 가장자리를 덮고 있었고, 중간에는 참치가, 그 위에는 풀어진 실타래처럼 마요네즈가 뒤죽박죽으로 뿌려져 있었다. 플라스틱 일회용 숟가락으로 밥을 비볐다. 빨리 먹으려는 생각에 너무 세게 비빈 것이 문제였다. 어느 순간 손가락에서 튕겨져 나온 숟가락이 포물선을 그리는가 싶더니 쓰레기통에 착지했던 것이다. 저절로 '악' 소리가 났다.

아란은 실눈을 뜨고 처참한 현장을 쳐다봤다. 숟가락은 전교생이 뒤처리를 하고 버린 휴지들 속에 안착해 있었다. 잠시 고민하던 아란은 두루마리 휴지를 손에 돌돌 말아 장갑처럼 만들었다. 아란은 숟가락 끝을 잡았다. 마요네즈와 참치 찌꺼기가 숟가락에 그대로 묻어 있었다. 그리고, 정체를 알고 싶지 않은 갈색 액체도. 급격히 현타가 찾아왔다. 짧은 시간 동안 아란은 많은 생각을 했다. 세면대에서 씻을까, 오늘은 점심 건너뛸까, 아니면 그냥 손가락으로 먹어?

갑자기 화가 치밀었다. 언제까지 이렇게 화장실 신세를 져야 하는지. 아란은 왕따였다. 그것도 학교에서 제일가는 왕따. 이유는 알 수 없었다. 중학교 친구들과 헤어지고 아무도 모르는 학교로 혼자 덜렁 와서일까. 공부도 외모도 애매해서일까. 낯설다는 이유로 아이들에게 좀 더 살갑게 다가가지 못했는지도 모른다. 학기 초반에 왕따로 규정지어질 만한 어떤 계기가 있었던 건지도 모른다. 아니면 짐작조차 못할 또 다른 이유가 있는 것일까? 아무튼 아란은 왕따였다. 한동안은 부정했지만. 그렇지만 이대로 3년 내내 얼음덩이 같은 편의점 도시락을 먹을 수는 없었다. 무엇보다, 더이상 찌든 냄새를 맡으며 변기 앞에 쭈그려 앉고 싶지 않았다. 아란은 화장실 문을 박차고 나왔다.

주저하던 아란은 급식실 문을 열었다. 무거운 마음

과는 다르게 팔랑, 나비의 날갯짓처럼 가벼운 몸짓이었다. 반쯤 열린 문틈으로 9월의 바깥 공기가 스며들었다. 아란이 신은 흰색 스니커즈가 문턱을 넘었다. 우둘투둘한 달 표면에 당도한 인간의 한 발처럼. 살짝 감았던 눈을 떴다. 식판을 들고 줄을 서 있던 학생들이 뒤를 돌아봤다. 얼굴이 화끈거리고 심장이 뛰었지만, 아란은 앞을 향해 천천히 걸어갔다. 지구인을 처음 만난 외계인들처럼(아니, 어쩌면 그 반대일까), 당황한 학생들의 행렬이 양쪽으로 갈라졌다.

은색 스테인리스 식판을 집어 들었다. 형광등 빛을 받은 식판이 스케이트 칼날처럼 반짝였다. 플라스틱 주걱을 집어들고 밥을 펐다. 공기 위에 소복이 밥알이 쌓였다. 다음으로 반찬을 차례차례 담았다. 바삭하게 튀긴 돈가스에 촉촉한 버섯볶음, 숙주나물과 깍두기까지. 빈 식판에 음식이 담기자 금세 묵직해졌다. 디저트는 요구르트였다. 6개월 만에 하는 식사치곤 제법 괜찮은 메뉴였다. 배식구에서 가장 가까운 식탁에 앉았다. 같은 식탁 저쪽에서 밥을 먹던 학생 몇몇이 슬금슬금 일어나더니 사라졌다.

아란은 젓가락으로 돈가스 한 점을 집어 입속에 밀

어 넣었다. 빵가루를 묻힌 돼지고기의 연한 살이 양쪽 어금니에 씹혔다. 맛있었다. 그리고 따뜻했다. 뒤에서 웅성거리는 소리가 들려왔다.

"어머 웬일이니."

아란은 포식자를 경계하며 풀을 씹는 염소처럼, 소리가 나는 쪽을 슬쩍 흘겨봤다. 세라 패거리였다. 세라는 동화 속 소공녀처럼 새침하니 예쁜 얼굴에 긴 생머리가 잘 어울리는 아이였다. 세련된 옷차림에 공부도 잘하고 말주변도 좋아서 친구가 많았다. 세라 옆에는 비쩍 마른 몸매에 얼굴이 주근깨로 뒤덮인 난희와 통통한 다영이 시녀처럼 붙어 있었다. 그들 셋은 몰려다니며 은근히 반 분위기를 주도했다. 아란은 세라 패거리가 자신을 '찐'이라고 부른다는 것을 알았다. 학교에서 제일 가는 찐따, 장아란.

아란은 동요하지 않았다. 오로지 음식에만 집중할 때였다. 밥을 퍼서 입속에 밀어넣었다. 고슬고슬한 하얀 쌀밥이 씹혔다. 깍두기를 집어먹었다. 소란스럽던 주위가 조용해졌다. 침묵이 감도는 급식실에 깍두기 씹는 소리만이, 잃어버린 후크 선장의 시계처럼 규칙적으로 들리고 있었다. 얼굴이 불에라도 덴 듯 화끈거렸다. 젓가락을 쥔 손이 간헐적으로 떨려왔다. 하지만 멈추지 않았다. 애써 담은 밥이 바닥을 드러낼 때까지, 깍두기의 빨간 국물이 흔적만 남을 때까지. 놀란 듯 입을 벌리고 있는 세 명의 얼굴이 눈앞에서 먹이를 놓친 육식 동물처럼 허탈하고 황당해 보였다.

진땀나는 10분이 지났다. 식판이 바닥을 드러냈다. 다 먹었다, 아란은 조용히 읊조렸다. 간결하면서도 의미심장한 감상이었다. 에어컨 바람이 부는데도, 얼굴엔 송골송골 땀이 맺혀 있었다. 긴 숨을 내쉬었다. 마지막으로 요구르트를 마셨다. 살구색 액체가 메마른 목구멍을 촉촉하게 적셨다. 빈 식판을 들고 자리에서 일어났다. 퇴식구를 향해 걸어갔다. 한데 모여 있던 아이들이 다시 반으로 갈라졌다. 들고 있는 빈 식판이, 바닷물을 가르는 모세의 지팡이라도 된 듯했다. 잔반을 처리하고, 숟가락과 젓가락을 빈 통에 넣고, 식판을 퇴식구에 밀어넣었다. 음수대에 서서 찬물을 마셨다. 자연스럽게, 한곳에 몰려 있는 아이들과 대치 상태가 되었다. 수백 개의 눈이 자신을 바라보고 있었다. 급속도로 부끄러움이 밀려들었다. 하지만 아란은 아무렇지 않은 척, 급식실 바깥으로 발걸음을 옮겼다.

문을 열자 시원한 바람이 불어왔다. 아란은 복도를 천천히 걷다, 이내 달리기 시작했다. 족쇄를 벗어버린 죄수처럼, 달리고 달려 하늘 끝까지 닿겠다는 듯이. 복도 밖을 지나 운동장 끝까지 도착하고 나서야 달리기를 멈췄다. 숨을 고르며 가까운 벤치에 앉았다. 가슴이 터질 것 같이 뛰었다. 방금 전 있었던 일들이 머릿속을 재빠르게 스쳐 지나갔다. 도심 속에서 코끼리라도 본 것처럼 신기하게 쳐다보던 아이들의 눈빛이 떠올랐다. 재킷 주머니에서 풍선껌 하나를 꺼내 씹었다. 동그랗게 부풀어오른 껌이 터질 듯 아슬아슬했다.

얼굴이 불덩이처럼 타오르면서도, 가슴 속이 뭔가 후련했다. 결코 잊을 수 없는 발걸음이었다. 그것이 설명 못할 통쾌함 때문이든 부끄러움 때문이든. 아란은 큭, 하고 웃음을 터뜨렸다. 커다랗게 부풀던 풍선이 터졌다. 아란은 벤치에 앉아 한참을 계속 웃어댔다. 몇 분을 그렇게 웃고 나서야 겨우 숨을 골랐다. 고개를 들었다. 구름 하나 없는 가을 하늘이 청명했다.

"잘 먹었습니다."

아란은 혼잣말처럼 중얼거렸다. 그것은 누구에게도 아닌, 자기 자신에게 하는 수고의 인사였다.

하굣길에 아란은 집 앞에서 이삿짐 차량을 보았다. 옆집에 누가 이사를 온 듯했다. 주위를 두리번거렸지만 이사 온 사람들은 보이지 않았다. 식사라도 하러 간 것일까. 집으로 들어가는 길목에는 짐이 널려 있고, 시커먼 천을 두른 물체만 왔다 갔다 할 뿐이었다. 골동품이라도 수집하는 것인지 오리엔탈 풍의 도자기 같은 것들이 널려 있었다. 온통 낯선 물건투성이였다. 아란은 의아해하며 스마트키로 문을 열었다. 집 안엔 역시 아무도 없었다. 허공에 손을 휘저어 불을 켰다. 책가방을 아무렇게나 집어 던지고 소파에 앉았다. 부모님은 오늘도 늦을 모양이었다. 언제나처럼. 아란은 집 안의 침묵이 익숙했다. 이제와 새삼 서운한 건 아니었다. 단지 조금 심심할 뿐.

중학교 때는 재미있었는데. 아란은 TV를 틀며 생각했다. 요즘 한창 유행인 코미디 프로가 재방송되고 있었다. 우스꽝스런 분장을 한 코미디언들이 TV 속에서 입을 벙긋거렸다. 방청객들이 까르르, 웃었다. 아란도 웃고 싶었지만, 입에서는 가느다란 한숨이 흘러나왔다. 모두가 웃는 속에서 혼자만 웃지 못하는 바보가 된 것 같았다. 아무래도 학교를 잘못 온 듯했다. 할 수만 있다면 시간을 되돌리고 싶었다. 아무 걱정 없던 중학교 시절로 돌아가고 싶었다. 그땐 친구들도 많고, 무슨 일을 해도 거리낌이 없었는데. 방과후 시간에 밴드부 활동도 했었다. 같은 반인 자옥, 지호와 함께 파트를 나눠 늦게까지 연습하곤 했다. 아란은 기타 파트였다. 밴드부 이름은 '여왕벌'. 이름이 촌스러운 자옥이가 밴드부 이름까지 자기처럼 지어서 한참 실랑이했던 적도 있었다. 그래도 좋았다. 지금의 이 지옥 같은 상황에 비하면.

아직도 기타가 있을까. 아란은 중학교 졸업 후 베란다 창고에 처박아 둔 전자 기타를 떠올렸다. 기타를 사 주면 기말고사 성적을 올리겠다고 약속했지만, 결국 지키지 못해 혼이 났던 기억이 났다. 아란은 소파에서 일어나 베란다로 나갔다. 창고 문을 열었다. 뜯지 않은 샴푸와 치약 세트, 타다 만 롤러스케이트, 여름에 한번 쓰고 처박아 둔 죽부인 같은 것들 사이에서 뽀얀 먼지로 둘러싸인 기타가 있었다. 손을 뻗어 기타를 꺼냈다. 하얀색 바디에 새의 날개를 닮은 헤드, 금색 브릿지에 높은음자리표를 닮은 무늬가 여전히 예뻤다. 왜 이제야 자신을 찾느냐고 원망하는 것 같기도 했다. 손가락으로 줄을 튕겨 봤다. 조율하지 않은 엷은 쇳소리가 흘러나왔다.

튜닝기로 조금만 만져 주면 멋진 소리가 날 텐데.

아란은 기타를 쓸어내렸다. 공중으로 해묵은 먼지가 피어올랐다. 기침이 났다. 몇 번 더 기타줄을 튕기다, 아란은 그것을 다시 창고에 집어넣었다.

다음 날 아침 아란이 문을 열었을 때, 교실은 예전과 그대로였고 아이들의 무관심도 마찬가지였다. 급식실에서의 소동은 하루도 안 가 사그라들었다. 무리를 지은 몇 몇은 자기들끼리 장난을 치며 놀았고, 누군가는 엎드려 자고 있었으며, 또 다른 누군가는 책을 펴놓고 공부를 했다. 아란은 맨 뒤 구석에 있는 자신의 자리로 가 앉았다. 아무도 말을 걸거나 쳐다보지 않았다. 아란은 자신의 한 발을 결코 잊지 않았지만, 아이들은 쉽게 기억 속에서 지운 듯했다. 리모컨을 들고 채널을 이리저리 돌리는 시청자처럼. 변한 것은 없었다. 아란은 졸리지도 않으면서 책상에 엎드렸다. 어느새 익숙해진 자세였다. 아란은 그렇게 시간을 죽였다. 오늘 하루도 있는 듯 없는 듯 지나가기를 바라면서.

6교시는 체육이었다. 교복에서 체육복으로 갈아입은 아이들이 삼삼오오 밖으로 나갔다. 재잘대는 소리가 비둘기떼 같았다. 아란은 꾸물대다 맨 마지막으로 교실에서 나갔다. 운동장 가운데 모여 있는 아이들 뒤로 슬쩍 가 섰다. 아란 앞에 있던 애가 뒤를 돌아보더니 한 발짝 앞으로 물러났다. 그 한 뼘의 빈자리가 유독 넓어 보였다.

아디다스 트레이닝 세트를 위아래로 갖춰 입은 체육 샘이 휘슬을 목에 걸고 나타났다. 스포츠로 짧게 깎은 머리가 햇빛을 받아 반짝거렸다. 체육샘은 만사가 귀찮다는 표정이었다.

"오늘은 자율 운동이다."

또 자율 운동이었다. 아란은 한숨을 삼켰다. 아이들이 신이 난 듯 소리를 질렀다.

"피구하자."

세라의 제안에 아이들이 손을 들어 찬성했다. 반장인 준영과 세라가 가위바위보로 편을 갈랐다. 서연, 민서, 수빈, 민준……. 한 명씩 이름이 불릴 때마다 아이들이 자기 편에 가서 섰다. 아란은 운동화 앞코로 땅바닥을 콕콕 찍었다. 막판 가위바위보에서 세라가 지자, 남은 둘 중 하나를 반장이 지목했다. 세라가 떨떠름한 표정으로 남은 아란의 이름을 얼버무렸다.

절반의 아이들이 하얀색 분필로 그은 선 안으로 들어갔다. 아란도 떠밀리듯 코트 안에서 대기했다. 체육샘이 휘슬을 불었다. 본격적으로 피구가 시작됐다. 공이 무섭게 날아다녔다. 아란은 눈치껏 공을 피해 다녔다. 되도록 눈에 띄지 않게 그렇다고 마지막까지 남지는 않게, 적당한 때에 공을 맞고 밖으로 나가기를 소망했다. 몸을 너무 사린 탓일까, 공이 자꾸 아란을 빗나갔다. 아란은 점점 초조해졌다. 왔다갔다 몸을 움직이기도 하고 제자리에 있어 보기도 했지만 공은 어김없이 다른 곳을 향했다. 공교롭게도 아란이 속한 팀은 코트에 세라와 아란, 둘만 남게 되었다. 반장 팀이 공을 던졌다. 세라의 머리를 맞힌 공이 튕겨져 아란을 향해 날아왔다.

"공을 잡아!"

무리 속에서 누군가가 외쳤다. 더이상 피할 데가 없었다. 아란은 얼떨결에 공을 잡으려고 손을 들었다. 약간 높이 뜬 공은 조금만 더 뻗으면 닿을 수 있을 것 같았다. 고개를 위로 들고 발끝을 세웠다. 아까보다 태양이 가까워 보인다는 생각이 든 순간, 공중으로 1센티 정도 뜬 발이 중심을 잃고 휘청거렸다. 공은 아란의 손끝을 터치하고 선 바깥으로 굴렀다. 바닥에 착지한 아란은 균형을 잃고 넘어지고 말았다. 아란의 체육복 바지가 흘러내렸다. 그렇지 않아도 체육복 입을 때부터 허리 고무줄이 느슨

한 게 불안하긴 했다. 이렇게 툭, 세상과 작별할 줄이야. 아이들이 폭탄을 터트린 것처럼 웃었다. 세상이 울릴 정도로 크게.

흘러내린 체육복 사이로 아란의 팬티가 드러났다. 민트색 바탕에 펭수 캐릭터가 그려진 팬티였다. 봉제 라인에는 하늘색 리본까지 달려 있었다. 대참사였다. 웃음소리가 더욱 커졌다. 아란은 사태를 수습하기 위해 재빨리 일어났다. 종아리가 욱신거렸다. 나이가 몇인데 아직도 캐릭터 팬티냐고 한다면, 아직도 아란을 어린애 취급하는 엄마의 소행 때문이었다. 엄마의 관심사는 아란의 유치원에서 멈춰 있었고, 며칠 전 귀엽지 않느냐며 마트에서 30개들이로 속옷 세트를 사 왔던 것이다. 게다가 그날 팬티라고는 하필 그것밖에 없었다.

"찐이 찐 같은 짓 했네."

세라가 체육샘에게 들리지 않게 작은 목소리로 중얼거렸다. 세라의 말을 알아들은 몇몇이 키득대며 웃었다. 아란의 얼굴이 햇사과처럼 붉어졌다. 어제의 용기는 깡그리 사라지고 말았다. 아란은 아프다는 핑계를 대고 운동장을 떠났다. 교실로 돌아가 늘 그랬던 것처럼 책상에 껌처럼 붙어 있고 싶었다. 돌아가는 발걸음이 한없이 무거웠다. 등 뒤로 웃음 소리가 그치지 않았다.

아무도 찾지 않는 학교 뒤편 공용 화장실. 아란은 쭈그리고 앉아 가스가 닳은 라이터로 불을 켜는 참이었다. 입에는 레종 블랙 한 개비를 물었다. 아무도 없을 때 집에서 훔쳐온 것이었다. 언제 무슨 일이 일어날지 모르는 아란에게는 비상식량 같은 물건이었다. 평소 귀신이 나온다는 소문이 있는 화장실은, 전기가 나갔는지 불까지 꺼져 있어 을씨년스러움을 더했다. 하지만 지금 아란에게 여기만큼 아늑한 곳은 없었다. 입에 문 담배 필터 끝이 축축했다. 괴로울 때면 이거 하나면 마음이 가라앉는다고 했다. 베란다에서 담배를 피다 걸린 엄마가 늘 변명처럼 하던 얘기다. 아란에게는 지금, 절실하게 담배가 필요했다.

후회가 밀려들었다. 그때 그 공을 잡지 말았어야 했다. 아침에 그 팬티를 입지 말았어야 했다. 체육시간에 어울려 뛰지 말았어야 했다. 그냥 아프다고 하고 운동장 스탠드에 앉아 있었어야 했다. 아까의 기억이 아찔하게 마음속을 찔렀다. 아란은 세차게 고개를 흔들었다. 아무리 머리를 흔들고 눈을 감아도 사진처럼 찍힌 잔상은 사라지지 않았다.

어제 급식실에서의 용기는 다 무엇이었던가. 결국은 이렇게 끝날 것을.

아란은 라이터로 담배에 불을 붙였다. 담배 끝이 빨갛게 타올랐다. 어두웠던 주위가 잠시 환해졌다. 아란은 그 광경을 그윽하게 쳐다보았다. 불꽃 한 번에 환상적인 꿈을 꾸는 성냥팔이 소녀처럼. 영화나 드라마에서 본 대로 연기를 한 모금 들이마셨다. 마시는 숨에 고통을 승화시키며, 구름처럼 하얀 연기를 내뱉으며 망각의 세계로 건너가고 싶었다.

고통이 승화되기는커녕 숨이 막혀 왔다. 불쏘시개로 목구멍을 콕콕 쑤시는 것 같았다. 담배를 입에서 뗀 아란이 기침을 콜록거렸다. 눈물 콧물이 줄줄 흘러내렸다. 숨을 쉴 수가 없었다. 풍선껌처럼 달콤할 거라고 생각하지는 않았지만 전혀 기대했던 맛이 아니었다. 쓰레기통을 씹어먹는 것처럼 텁텁한 느낌이 입안을 가득 메웠다. 애들은 왜 이런 걸 몰래 혼나면서까지 피우는 걸까. 이해가 가지 않았다. 아란은 한참을 콜록거렸다. 그래도 이대로 포기할 수는 없었다. 아란은 한 손에 담배를 손에 쥐고, 다른 손으로 열심히 연기를 쫓아냈다.

그때였다. 화장실 안쪽에서 부스럭거리는 소리가 난

것 같았다. 주위를 둘러보았다. 아무것도 보이지 않았다. 잘못 들은 것일까. 귀를 기울여 보았지만 더이상 아무 소리도 들리지 않았다. 진짜 귀신이라도 나타난 건 아니겠지. 누가 목 매달아 죽었다고 하는 소문이 있긴 하던데. 쓸데없는 공상이라고 생각하며 아란은 가볍게 고개를 저었다. 워낙 낡은 건물이라 틈과 틈 사이에서 삐걱이는 소리가 났을 가능성이 있었다. 어쩌면 빈 통로를 지나는 쥐였는지도 모른다. 손에 쥔 담배를 내려다보았다. 불꽃이 종이를 따라 타들어가고 있었다. 큰맘 먹고 한 모금을 더 빨아들였다.

콜록거리는 소리와 부스럭거리는 소리가 난 건 거의 동시였다. 잘못 들은 게 아니었다. 얇은 블라우스를 입은 두 팔에 소름이 돋았다. 아란은 일어났다. 소리는 변기 칸쪽에서 나고 있었다. 그쪽으로 빼꼼히 목을 빼 봤지만 주위가 어두워 잘 보이지 않았다. 마치 공포영화의 주인공이라도 된 것 같았다. 오지랖이 넓은 인물은 스크린 속에서 일찍 죽는다지만, 무서우면서도 호기심이 이는 건 어쩔 수 없었다. 추위를 피해 들어온 고양이이거나, 낡은 벽에서 떨어진 타일 소리일 수도 있었다. 그것도 아니면 화장실에 숨어 사는 변태? 아무튼 확인해 볼 필요가 있었다. 아란은 소리가 난 쪽을 향해 살금살금 걸어갔다. 닫혀 있는 문을 차례차례 열었다. 아무것도 없었다. 첫 번째 칸, 두 번째 칸, 그리고 세 번째 칸…….

아무것도 없, 아니 무언가가 있었다. 온통 어둠으로 둘러싸인 검은 형체였다. 160센티 정도의 키에 사람 같은 모양을 갖췄으면서도, 얼굴이 있어야 할 곳엔 눈도 코도 없이 완벽한 어둠뿐이었다. 인공지능 로봇이 돌아다니는 21세기에 이토록 고전적인 귀신이라니. 아란은 있는 힘껏 비명을 질렀다.

"꺄악!"

그와 동시에 그 시커먼 물체도 비명을 질렀다. 아란은 같이 소리를 지르면서도 어이가 없었다. 귀신을 보고 놀라는 건 사람의 몫인데. 검은 물체가 자신의 몸을 감싸고 있던 실루엣을 걷었다. 왕사탕처럼 커다란 갈색 눈이 겁에 질린 표정으로 자신을 바라보고 있었다. 제 또래로 보이는 이국적인 외모의 소녀였다. 아란은 정신을 가다듬고 물었다.

"사……람?"

실루엣이 고개를 끄덕였다. 아란은 안도의 한숨을 내쉬었다. 그런데 왜 이런 곳에 혼자서, 저런 걸 입고?

의아해하는 사이, 길어진 담뱃재가 아래로 떨어졌다. 그러고 보니 아란은 숨어서 담배를 피우려는 중이었다. 아무렇지 않은 척 황급히 떨어뜨렸지만, 아직 다 타지 않아서인지 불씨가 꺼지지 않았다. 들켰다. 당황한 건 상대방도 마찬가지인 듯했다. 언뜻, 검은 실루엣 사이로 무릎이 찢어진 청바지가 보였다. 적막이 가득한 어두운 화장실에 새빨간 불씨만이, 적의 이마를 조준하는 레이저처럼 빛났다.

노래-돌리

알라 후 아크바르(신은 위대하시다).

엄숙하고 경건한 분위기. 숨소리조차 잠잠한 주위의 공기. 서북서 286도 방향을 가리키는 나침반. 메카의 하람 성원에 있는 카바를 향해 올리는 의식. 계속되는 예배. 바닥에 딱 붙은 이마와 코, 발끝과 무릎, 양 손바닥. 흑백 무성영화처럼 조용하게 진행되는 절차와 침착하게 암송되는 구절들…… 방 안엔 부르카 밖으로 삐져나온 손가락 외에 어떤 살색도 보이지 않았다.

리듬을 탄 손가락이 까딱거렸다.

엎드려 있던 돌리는 흠칫했다. 잽싸게 손을 부르카

속으로 집어넣었다. 제풀에 놀란 심장이 두근거렸다. 호흡을 가다듬었다. 예배가 계속되었다. 의지와는 상관없이, 부르카 속 손가락이 또 한 번 까딱거렸다. 아까 들었던 노래가 말썽이었다. 돌리는 정신을 차리고 예배에 집중하려 노력했다.

수브하 나 랍비얄아알라(지고하신 나의 신께 영광 있으시기를)

You can call me artist(넌 나를 부를 수 있어)

앗쌀라 무 알라이쿰 와라흐마 툴라(신의 평화와 자비가 당신에게 깃들기를)

whatever names you like (네가 좋아하는 이름이라면 뭐라도)

머릿속 노래와 예배 문구가 뒤엉켜 뒤죽박죽이 되었다. 돌리는 눈을 질끈 감았다. 위기를 극복해야 했다. 등 뒤로 식은땀이 흘렀다. 몸이 배배 꼬였다. 세상이 빙글빙글 도는 것 같았다. 손에 힘을 꽉 줬다. 최대한 몸을 땅바닥에 고정시켰다. 천천히 복식 호흡을 했다. 익은 자두처럼 붉어진 얼굴이 검은색 부르카에 가려졌다. 돌리는 또

다른 목적으로 간절하게 기도했다. 수브 하 날라. 제발 무사히 예배를 마치게 해 주세요. 영원히 끝나지 않을 것 같은 시간이 흘러갔다. 일 초, 이 초, 삼 초……. 기도가 효험이 있었는지 복식 호흡이 효과를 발휘했는지, 힘을 풀고 예배에 젖어 들어갈 수 있었다.

예배를 마친 돌리는 방에서 일어섰다. 이사 온 첫날이라 여기저기 짐들이 어수선하게 널려 있었다. 별다른 장식 없이 책상과 의자, 침대로 이루어진 소박한 방이 돌리를 맞이했다. 의자에 앉아 숨을 골랐다. 귓가에 노래가 맴돌았다. 또 시작이었다. 에라, 모르겠다. 돌리는 책상 서랍에서 블루투스 스피커를 꺼내 자신의 핸드폰에 연결했다. 돌리의 아이돌, 에스파 음악이 흘러나왔다. 노래를 흥얼거렸다. 사이버 전사 같은 옷에 검은 장갑을 끼고 춤을 추는 언니들의 모습이 그려지는 듯했다. 절로 신이 났다. 내친김에 돌리는 의자에서 일어났다. A4 용지를 둘둘 말아 광선검처럼 손에 쥐고 춤을 췄다. 눅눅한 방바닥은 무대가 되고 몇 개 안 되는 가구는 화려한 장식이 되었다. 돌리는 있는 힘껏 위로 도약했다. 높다란 천장이 닿을 듯 가까워졌다. 하늘을 향해 비상하는 새가 된 것만 같았다. 내일의 스타 돌리 센 샤르마!

공중에서 내려와 가볍게 착지한 돌리는 도도하게 고개를 들었다. 벽에 붙어 있는 전신 거울에 자신의 모습을 비춰 보았다. 머릿속 음악이 멈췄다. 내일의 스타는 사라지고, 보이는 건 온통 검은색 부르카. 현실이 암전된 조명처럼 자신을 덮쳤다. 돌리는 천천히 의자에 앉았다.

똑똑. 노크 소리가 들렸다. 황급히 스피커를 치우고 책상 위에 책을 폈다. 문이 열렸다. 쿠르타를 입은 아빠가 뒷짐을 지고 서 있었다. 방금 들린 소리의 정체를 확인이라도 하려는 듯, 아빠는 안부를 묻는 척하며 방을 둘러보았다. 돌리는 책에 얼굴을 파묻었다.

"공부하고 있었니?"

"네."

돌리의 아빠가 매의 눈처럼 사방을 훑었다. 아직 뜨거운 열기가 남아 있는 것 같았지만, 증거가 없었다. 방안을 확인한 아빠는 뒷짐을 지고 있던 손을 앞으로 내밀었다. 비누처럼 하얗고 네모난 물체에서 뜨거운 김이 모락모락 올라오고 있었다.

"이게 뭐에요?"

"떡이다. 옆집 갖다 주고."

한국에선 이사올 때 이런 걸 이웃에 준다고 했다. 돌

리는 떡을 받아들었다. 아빠는 끙, 하고 앓는 소리를 내더니 천천히 문을 닫았다. 돌리는 책에서 눈을 떼고 한숨을 쉬었다. 책갈피처럼 꽂혀 있던 사진이 아래로 떨어졌다. 돌리는 떨어진 사진을 집었다. 하얀 원피스에 긴 생머리를 늘어뜨린 40대 여자가 눈이 부신 듯 웃고 있었다. 엄마였다.

확실히 아빠가 이상해진 건, 엄마가 돌아가신 후부터였다.

인도 콜카타에서 한국으로 온 지는 일 년 정도 됐다. IT 분야에서 일하는 아빠의 직장 때문에 돌리는 어렸을 때부터 인도와 한국을 왔다갔다하며 살아왔다. 일 년 전, 결혼기념일을 맞아 엄마는 아빠를 보러 가기 위해 운전을 하고 있었고, 중앙선을 넘어온 버스를 피하지 못했다. 플루메리아 꽃이 하얗게 지천을 덮을 즈음이었다. 아빠는 막을 수 없었던 불행한 사고가, 고유한 종교적 전통을 따르지 않은 결과라고 생각한 듯했다. 엄마는 히잡을 하고 있지 않았다.

그즈음 아빠가 다니는 회사에서 한국 지사로 파견 명령이 내려졌고, 아빠와 돌리는 엄마의 흔적이 있는 인도를 떠나 한국으로 왔다. 서울은 모든 것이 달랐다. 정신이 번쩍 들 정도로 추운 날씨, 밤이 늦어도 꺼지지 않는 불, 화려한 도시의 풍경, 거리를 걸으면 문 열린 매장에서 들려오는 케이팝……. 무엇보다 신기한 건, 까만 생머리를 살랑거리며 걸어가는 또래 여학생들의 모습이었다. 저마다 아이스크림 하나를 손에 들고 조그만 농담에도 깔깔대는 모습이 부러웠다. 돌리도 그들과 다르지 않고 싶었다. 남들처럼 등교할 때 교복을 입고, 불어오는 바람에 머리카락을 나부끼는 평범한 학생이 되고 싶었다. 언젠가 한번, 넌지시 그런 기색을 비친 적이 있었다. 돌리의 아빠는 말했다.

우리는 우리의 전통을 따를 뿐이야.

아빠는 믿는 듯했다. 얼굴을 가리면 엄마처럼 불행한 사고도 막을 수 있다고. 하지만 아빠는 몰랐다. 돌리에게는 자신만의 꿈이 있다는 것을. 돌리는 부르카를 걷고 머리를 매만졌다. 핑크빛 틴트를 입술에 발랐다. 양볼을 한껏 부풀리고 한쪽 눈을 찡긋한 채로 셀카를 찍었다. 예쁘게 나온 사진을 골라 인스타에 업로드하고 태그를 달았다. '즐거운 일상'이라고 단 제목에 여러 개의 댓글이 달렸다. SNS 세계 속에서, 돌리는 이미 스타였다.

사진을 올린 돌리는 다시 부르카를 입었다. 아빠의

부탁이 생각났다. 아직 따뜻한 떡을 바구니에 담아 옆집으로 갔다. 초인종을 눌렀지만 기척이 없었다. 집에 사람이 없는 것 같았다. 가만히 떡을 문 앞에 놔두고 돌아서려는데, 이쪽을 향해 걸어오는 누군가가 보였다. 한쪽으로 질끈 묶은 검은 생머리에 호기심 어린 눈동자가 반짝였고, 무릎 위까지 내려온 교복 치마가 펄럭였다. 제 또래로 보이는 여학생이었다. 돌리는 황급히 뒤로 돌아섰다. 모르는 척 집으로 종종걸음을 쳤다. 부르카 입은 모습은 보여주고 싶지 않았다. 적어도 같은 학교 학생에게는.

돌리는 전속력으로 학교를 향해 뛰었다. 늦었다. 전학 첫날, 집에서 학교까지 가는 시간 계산을 잘못했다. 지하철이 예상했던 시각보다 늦게 오는 변수를 계산 못했다. 첫날부터 찍히고 싶지는 않았는데, 후회 막심이었다. 돌리는 거친 숨을 몰아쉬며 경사진 언덕을 올랐다.

바쁜 와중에도 돌리는 학교로 먼저 가지 않고 갈림길에서 방향을 꺾었다. 으슥한 골목을 지나고 수풀이 우거진 길을 헤쳐, 학교 뒤편에 위치한 공용 화장실로 들어갔다. 전날 물색해 둔 자리였다. 화장실은 오랫동안 사용하지 않은 듯, 사람의 자취라고는 찾아볼 수 없었다. 당장 귀신이 나와도 이상하지 않을 모양새였지만 돌리에게는 최적의 장소였다. 빛이 들지 않아 어두운 벽을 손으로 더듬거리며 화장실 칸으로 들어갔다. 자물쇠가 고장 난 문이 바람결에 삐걱거렸다.

어둠이 눈에 익자 돌리는 재빠르게 부르카를 벗어던졌다. 시원한 바람이 맨살에 직접 닿았다. 순간적으로 닭살이 돋았다. 솜을 뺀 이불처럼 축 늘어진 부르카를 돌돌 말아서 백팩에 넣었다. 진 소재의 핫팬츠 위에 교복 치마를 입고, 레이어드된 탱크톱 위에 블라우스 단추를 채웠다. 얼굴 반만한 크기의 링 귀걸이를 재킷 주머니에 넣자, 드디어 완벽한 여고생 복장이 되었다.

전 학교에서는 부르카 문제로 한바탕 소동을 치렀다. 한국에서 처음 다니는 학교라 전학 첫날 아빠가 돌리와 같이 갔고, 전통과 문화 차이에 따른 존중을 부르카 착용의 이유로 내세웠다. 난감한 건 학교 측이었다. 학부모들은 면학 분위기를 해친다며 항의했고, 아이들은 다른 생명체라도 본 듯 돌리를 멀리했다. 선생님은 눈 둘 곳을 몰라 안절부절못했고, 시험을 칠 때는 부르카 속에 커닝 용지라도 숨겨 놓은 건 아닌지 확인할 방법이 없어 전전긍긍했다. 다행히 돌리의 점수는 그런 우려를 날려버릴

만큼 정직하게 바닥이었지만.

돌리는 다시 그런 불편을 겪고 싶지 않았다. 평범까지는 못 되더라도 남들의 이목을 집중시켜 소란을 일으키고 싶지 않았다. 마침 이번엔 아빠가 동행하지 않게 되었다. 회사 일이 있기도 했고, 두 번째 학교니 알아서 잘하리라는 믿음이 방심을 가져왔던 탓도 있었다. 돌리에게는 기회였다. 혼자 갈 수 있지? 아빠가 물었을 때 돌리는 격하게 고개를 끄덕이며 대답했다. 그럼요, 저도 이제 고등학생인 걸요. 학교를 사전 답사하던 돌리가 이 공용 화장실을 발견한 순간, 머릿속에 조명을 켠 것처럼 신박한 생각이 떠올랐다. 학교 앞까지 부르카를 입고 갔다가 교복으로 갈아입고 등교하는 것이다. 번거롭긴 하겠지만, 이 방법만이 아빠도 돌리도 만족할 만한 결과를 이끌어낼 수 있을 터였다. 그렇게 돌리는 가족의 평화를 위해 비밀 하나를 만들게 되었다. 이제 진짜 있는 듯 없는 듯 학교에서 지낼 수 있게 되었다.

……라고 생각했지만 아이들의 반응은 지난번 학교와 별 차이가 없었다. 갈색 피부에 진한 눈썹, 쌍꺼풀이 진 커다란 눈동자와 뾰족한 코. 돌리는 아이들에게 신기한 외국인이었다. 조회를 마친 담임이 사라지자, 새로 산

로봇 인형의 성능을 확인하듯 아이들의 질문 공세가 쏟아졌다.

"인도에서 왔다고? 거기는 얼마나 더워?"

"그 나라는 뭐 먹고 살아? 너네도 농사 지어?"

"길거리에 진짜 코끼리 본 적 있어?"

"혼자 다니기 무섭지 않아?"

"인도에 화장실은 있어?"

아이들의 궁금증은 끝이 없었고, 인도에 대한 지식은 19세기에 멈춰 있었다. 돌리는 어색하게 웃음 지었다. 여기서 어떤 대답을 해도, 전제가 잘못된 질문은 꼬리에 꼬리를 물고 이어질 게 뻔했다. 차라리 한국말을 못하는 척하는 게 나았다. 돌리가 침묵을 고수하자, 아이들은 흥미가 떨어진 듯 고개를 돌렸다. 수업 시작 종이 울렸다. 돌리를 향하던 시선이 칠판을 향해 고정되었다. 수업은 시작되었지만 내용이 귀에 들어오지 않았다. 이상했다. 분명 부르카를 벗었는데, 답답함은 그대로였다. 투명 부르카를 뒤집어쓴 것처럼 바깥 세상과 자신 사이에 보이지 않는 막이 생긴 것 같았다. 앞을 향해 앉은 아이들의 뒷모습이 낯설었다. 돌리는 씁쓸한 표정으로 책 페이지를 넘겼다.

집에 가는 길은 아침보다 여유가 있었다. 돌리는 학교 주변을 천천히 걸으며 이곳 저곳을 둘러보았다. 멀리서부터 매콤한 냄새를 풍기는 떡볶이집과, 문구류 대신 연예인 사진을 더 많이 전시해 놓은 문방구와, 그리 크지 않은 서점을 건너서 대로변에 액세서리를 파는 가게가 위치하고 있었다. 돌리는 구경 삼아 액세서리 가게에 들렀다. 플라스틱 귀걸이와 큐빅이 박힌 은반지, 스카프와 머리띠 등 아기자기한 장식들이 조명을 받아 빛나고 있었다. 돌리는 매대에 서서 별 모양의 노란색 머리핀을 꽂아 보았다. 날개를 따라 촘촘히 박힌 큐빅이 예쁘게 반짝거렸다. 거울을 들여다보았다. 잘 어울렸다. 내친김에 다른 모양의 머리핀도 앞머리에 꽂았다. 핸드폰을 꺼냈다. 각도를 바꿔 가며 셀카를 찍었다. 여러 장의 사진 중에서 인생샷을 건진 뒤, 인스타에 올릴 예정이었다.

한참 그러고 있는데 왠지 모르게 뒤통수가 서늘했다. 돌리는 뒤로 돌았다. 한 아르바이트생이 거기 서 있었다. 돌리 또래로 보이는 나이에 단발머리, 돌리처럼 갈색은 아니지만 그렇다고 희지도 않은 피부, 동글동글한 코와, 스티커를 붙여 인위적으로 만든 쌍꺼풀. 한국 사람이면서도, 또 자세히 보면 그렇게 보이지 않는 모습. 피부색도 생김새도 다르지만, 돌리는 순간적으로 자기와 닮았다고 생각했다. 아르바이트생은 검은색 앞치마를 두르고 이쪽을 바라보고 있었다. 돌리는 의아해하면서도 머리핀을 바꿔 꽂아 가며 사진을 찍었다. 그 순간, 석상처럼 서 있던 아르바이트생이 돌리 쪽으로 다가왔다.

"사실 거예요?"

생각지 못했던 질문에 돌리는 머뭇거렸다. 사진을 찍느라고 너무 오래 머물렀나 보았다. 그러면서도 질문의 저의를 알 수 없어 기분이 좋지 않았다. 돌리는 머리핀을 빼서 손바닥 위에 올려놓았다. 조심스레 가격을 물었다.

"얼마예요?"

"좀, 비싸요."

돌리의 질문에 아르바이트생이 대답했다. 돌리는 새삼 자신의 옷차림을 살펴보았다. 평범한 교복에 캐릭터 양말, 별다를 것 없는 스니커즈. 특별히 돈이 많아 보이지는 않지만 그렇다고 없어 보이지도 않았다. 트레이닝을 입고 명품 숍에 갔다 퇴짜를 맞았다는 루머가 생각났다. 이 정도도 못살 것처럼 보이나, 오기가 올랐다. 살 마음이 있었던 건 아니지만 돌리는 신용카드(사실은 아빠의 소유인)를 꺼내 보였다. 황금색 VVIP 카드가 조명을 받아 반짝거렸다.

"일시불이요."

돌리는 최대한 차갑게 말했다. 당황한 듯 말이 없던 아르바이트생이 카드를 받아 계산대로 갔다. 어떤 놀랄 만한 가격이 나와도 눈 하나 깜짝하지 않는 것으로 모두의 무릎을 꿇게 하리라. 돌리는 카드 기기를 노려보았다. 아르바이트생이 카드를 긁었다. 삐빅, 하는 전자음이 경쾌하게 났다.

"3천 원입니다."

아르바이트생이 말했다. 언뜻 한쪽 입꼬리가 올라간 것처럼 보이기도 했다. 30만 원도, 3만 원도 아니고, 3천 원이라니. 얼굴이 화끈거렸지만 돌이킬 방법은 없었다. 돌리는 머리핀을 낚아채듯이 받아 들고 가게를 나왔다. 저 멀리 숨어 있는 공용 화장실을 향해 바삐 올라갔다. 이럴 때는 정말, 부르카가 필요하다.

하루가 길었다. 돌리는 지친 걸음으로 집으로 들어섰다. 다녀왔습니다, 인사를 하자 거실 소파에 앉아 신문을 읽고 있던 아빠가 눈을 떼고 물었다.

"잘 갔다왔니?"

"네."

"학교에선 별 말 없고?"

"네."

아빠가 고개를 갸우뚱했다. 분명 부르카 때문에 실랑이가 있었을 텐데, 의아하다는 표정이었다. 돌리는 모른 척하고 방으로 들어갔다. 더이상 어떤 말도 할 힘이 없었다. 그대로 침대에 쓰러졌다. 아까의 일이 양파처럼 떠올랐다. 까고 또 까도 부끄러움이 사라지지 않았다. 돌리는 고개를 세차게 흔들었다. 억지로 눈을 감아도 정신만 더 말짱해질 뿐이었다. 에라, 모르겠다. 돌리는 용수철처럼 침대에서 튀어올랐다. 마음이 싱숭생숭할 때엔 SNS가 제격이었다. 돌리는 부르카를 걸고, 교복 안에 입었던 핫팬츠에 탱크톱 차림으로 사진을 찍었다. 사진을 인스타에 올리고 제목을 달았다. 오늘도 행복한 하루! 글을 올리자마자 팔로워들의 댓글이 달렸다. 돌리는 사진 속 자신의 얼굴을 무심히 바라보았다. 공용 화장실 속 초라한 소녀가 아닌, 내일의 스타 돌리 센 샤르마가 환하게 웃고 있었다.

초반의 해프닝을 제외하고는, 비교적 평화로운 나날

이 이어졌다. 그날도 돌리는 화장실에 있었다. 빛도 들지 않는 화장실을, 이제 돌리는 눈 감고도 파악할 수 있었다. 부르카와 교복을 번갈아 입고 벗는 것도 적응되었다. 옷도 점점 대담해졌다. 부르카의 장점은 그 안에 아무 옷이나 입을 수 있다는 거였다. 아침에는 부르카 속에 교복을 입었고, 방과 후에는 당장이라도 무대에 설 만한 옷을 골라 입었다. SNS에 올리는 사진들도 다양해졌다. 방 안에서 얼굴만 클로즈업해서 찍던 것을, 밖에서 전신 샷으로 찍을 때도 많아졌다. 팔로워 수도 기하급수적으로 늘었다. 이렇게 인기인으로 만들어 준 마법의 장소가 화장실이라는 사실이, 웃기면서도 조금은 안심이 되었다.

옷을 갈아입으려는데 근처에서 기척이 났다. 돌리는 귀를 기울였다. 조용했다. 잘못 들었나 싶어 하려던 행동을 하려는데, 또다시 소리가 들렸다. 돌리는 긴장한 채로 화장실 입구에 서서 밖을 내다봤다. 누군가 이쪽으로 걸어오고 있었다. 같은 학교 교복 치마였다. 이 시간에 여기 올 사람이 없는데…… 마법의 장소에 균열이 일어나려 하고 있었다. 위기였다. 돌리는 안절부절못하고 발을 동동 굴렀다. 자연스럽게 밖으로 나갈 타이밍을 놓쳤다. 그렇다고 화장실에서 마주치는 것도 이상했다. 고민하는 동안 점점 거리가 가까워지고 있었다. 시간이 없었다. 에라, 모르겠다. 돌리는 자신의 장기인 없는 척을 하기로 했다. 교복 치마를 입은 누군가가 들어서는 순간, 돌리는 화장실 변기 칸 안으로 들어가 숨었다.

"아우 씨, 짜증 나."

교복 치마가 화장실로 들어서며 조용히 욕설을 내뱉었다. 상당히 터프한 아이로군, 돌리는 생각했다. 교복 치마의 발걸음이 멈췄다. 돌리는 행여나 들킬까 싶어 최대한 숨을 들이마시고 벽에 딱 붙어 섰다. 잠시 후 탁, 탁 하는 소리가 났다. 라이터를 켜는 소리 같았다.

뭘 하려는 거지? 설마 불이라도 지르는 건 아니겠지.

생각하는데 회색 연기가 문틈으로 스멀스멀 스며들었다. 진한 담배 냄새가 났다. 교복 치마가 담배를 피우는 듯했다. 돌리는 부르카 자락으로 코와 입을 막았다. 옷에 배면 안 되는데. 낭패였다.

무슨 나쁜 일이라도 겪은 건지, 교복 치마는 심기가 불편해 보였다. 간간이 한숨을 내쉬기도 하고, 가만히 혼잣말을 하기도 했다. 담배를 잘 피우는 것도 아닌지 쉴 새 없이 콜록거렸다. 게다가 쉽게 이곳을 떠날 생각이 없는 듯했다. 담배 냄새가 코를 괴롭혔다. 돌리는 최대한 숨을 참았다. 코가 간질간질했다. 한계였다. 눈치를 살폈다. 다시 한번 교복 치마가 기침을 한 순간, 돌리는 재빨리 코를 문질렀다. 부르카 자락이 부스럭거렸다.

콜록거리던 기침이 멈췄다. 기척을 느낀 것일까. 돌리는 긴장했다. 꿀꺽, 저쪽에서 침 삼키는 소리가 났다. 돌리는 다시 숨을 참았다. 온몸에서 진땀이 흘렀다. 이제 와서 밖으로 나가는 것은 더 이상했다. 돌리는 이 순간이 어서 지나가기만을 바랐다.

조심스런 발소리가 들렸다. 소리가 점점 가까워졌다. 이쪽으로 오지 마, 제발. 돌리는 그림자처럼 벽에 붙었다. 흰 양말을 신은 가느다란 발이 돌리가 있는 칸을 지나쳐 갔다. 발걸음이 멈췄다. 안심할 새도 없이, 이번에는 그 발이 방향을 바꿔 거꾸로 돌아왔다. 그러더니 차례차례 화장실 문을 열기 시작했다. 더이상 피할 데가 없었다. 천천히 문이 열렸다. 돌리는 질끈 눈을 감았다. 첫 번째 칸, 두 번째 칸, 그리고 세 번째 칸…….

"꺄악!"

교복 치마가 비명을 지름과 동시에 돌리도 얼떨결에 소리를 질렀다. 화장실 안이 동굴처럼 메아리쳤다. 비명 소리에 오히려 정신이 들었는지, 교복 치마가 소리를 멈쳤다. 교복 치마가 자신을 자세히 살펴보는 것이 느껴졌다. 돌리도 부르카 너머로 교복 치마의 모습을 훑었다. 작은 키에 조금은 마른 듯한 몸매, 한쪽으로 질끈 묶은 생머리에 호기심 가득한 눈빛. 며칠 전 떡을 갖다주다 집 앞에서 봤던 그 애였다.

"사……람?"

교복 치마의 물음에 돌리는 고개를 끄덕였다. 하긴 이런 차림을 하고 있으니, 교복 치마가 자신을 귀신으로 착각해도 그리 이상하지 않을 터였다.

비밀을 들키고 말았다. 백 퍼센트 안전할 거라고 생각하진 않았지만, 이건 너무 허무한 결말이었다. 매일 이렇게 부르카를 입고 벗는다는 소문이 교내에 퍼진다면……. 아빠가 알게 되는 건 시간 문제였다. 무슨 잔소리를 들을지 몰랐다. 무엇보다, 다시 부르카 차림으로 학교를 다녀야 할지도 몰랐다. 그것만은 정말 막고 싶었다.

무슨 방법이 없을까, 고민하고 있는데 어둠 속에서 빨간 불빛이 반짝였다. 마치 사막의 어둠 속에서 길을 인도하는 램프처럼 환하고, 비밀스럽고, 희망적인 불빛이었다. 담뱃불이 타들어가고 있었다. 시선을 느낀 교복 치마가 황급히 담배를 튕겼다. 빨간 불씨가 포물선을 그리며 날아가 바닥에 떨어졌다. 돌리와 교복 치마가 동시에 그것을 쳐다보았다. 불씨는 꺼지지도 않고 남아, 낡은 화장실을 밝혔다. 사막에 불시착한 우주선처럼. 은밀하게.

돌리는 미소를 지으며 고개를 들었다. 비밀이 생겼다, 우리 둘, 다에게.

슈퍼스타! 슈퍼밴드!
미래 주인공을 모십니다

청소년 밴드 경연대회

음악에 대한 열정을 함양하고 역량 있는 밴드를
발굴하기 위한 청소년 밴드 경연대회를
다음과 같이 개최합니다.
미래를 이끌어 갈 포부를 가진 모든 청소년들의
많은 관심과 참여 바랍니다.
자세한 내용은 아래를 참조해 주십시오.

일 시	12월 24일(금) 15시~20시
장 소	동대문디자인플라자(DDP) 어울림 광장
대 상	중, 고등학교 밴드부
신청방법	참가신청서를 메일 또는 팩스로 송부
시 상	대상 현금 1,000만원+트로피
	최우수상 현금 500만원+트로피
	우수상 현금 300만원+트로피
주 최	청소년음악활동장려위원회

베이스-자옥

✿

    귀를 찌르는 EDM 계열의 신나는 음악, 눈이 부시게 화려한 액세서리들, 발 디딜 틈 없이 가득한 사람들…….
대로변 액세서리점은 하굣길의 학생들이며 길을 지나는 사람들, 우연히 들른 관광객들에게는 낙원과도 같은 장소였다. 단, 아르바이트생만 제외하고.

    자옥은 꼼짝 않고 서서 쉴 새 없이 눈동자를 움직였다. 가게 안은 꿀을 찾는 벌떼처럼 사람들로 북적였다. 인파 속에서 자옥의 시선은 사람들의 손에 머물러 있었다. 혹시라도 액세서리를 쥔 손이 그들의 옷 주머니나 가방으로 들어가지 않는지, 신경을 곤두세우고 레이저를 쏘아댔다. 요즘 들어 귀걸이며 머리핀 등 작은 액세서리들이 사라지는 일이 종종 있었다. 사장은 또 한 번 그런 일이 일어나면 아르바이트 비용에서 제하겠다고 엄포를 놓았다. 하루 종일 서 있는데다 어디로 튈지 모르는 손님들 감시까지, 피곤했다. 그래도 그만둘 수는 없었다. 한 달에 한 번 받는 월급이 달콤한 아이스크림처럼 자옥을 유혹하고 있었으니까.

빈 지갑이 채워지면, 자옥은 하고 싶은 일이 많았다. 우선 성형수술. 자옥은 지금의 얼굴이 영 마음에 들지 않았다. 작은 눈은 옆으로 찢어졌고, 동글동글한 코는 납작하기까지 했다. 돈을 많이 벌면 쌍꺼풀도 만들고 코도 세울 것이다. 촌스러운 이름도 바꾸고 싶었다. 요즘 누가 자옥이라는 이름을 쓰는가 말이다. 친구들은 얼굴과 꼭 맞는 이름이라며 놀리지만. 물론 약간의 주저함도 있었다. 할머니는 자옥의 얼굴이 복 들어오는 상이라면서 절대 고치지 말라고 당부했다. 그 말에 잠깐 혹한 것도 사실이었다. 그래도 고를 수만 있다면, 자옥은 복보다는 미모를 선택할 것이다. 그리고 개명은, 그것도 생각해 볼 일이었다. 진짜진짜 촌스럽긴 하지만…….

엄마가 지어 준 이름이니까.

그랬다. 신자옥이라는 구석기스러운 이름은, 지금은 없는 엄마가 지어 준 이름이다. 엄마는 자옥이 어렸을 때 집을 나갔다고 했다. 그래서 얼굴도 목소리도 잘 기억나지 않는다. 엄마가 이렇게 이름을 지은 이유는 단 하나, '안녕하세요'라는 뜻의 베트남어인 '신짜오'와 비슷했기 때문이라고 한다. 엄마의 고향은 저 먼 남쪽 나라, 베트남이라고 했다. 사랑하는 나라의 인사말을 이름으로 딸에게 지어 주는 것으로, 앞으로의 행복을 기원하며 떠났을 엄마를 생각하면 코끝이 시큰해진다. 그래도……. 하나를 선택하라고 한다면, 바꾸고 싶은 마음이 약간 더 컸다. 그리운 건 그리운 거고, 촌스러운 건 촌스러운 거니까.

하지만 이 모든 건 마음뿐이었다. 세상 모든 게 바라는 대로 짠, 하고 바뀐다면 좋겠지만 현실은 그렇지 않다. 돈은 언제 모일지 기약이 없고, 당장 하루 벌어 하루 먹고 살기도 빠듯했다. 자옥은 '기생수'였다. 외계 물체가 인간의 몸속에 기생한다는 만화책 속 기생수가 아니라, 기초생활수급자의 준말인 기생수. 몇 달 전에 아빠는 일을 하러 지방으로 떠났고, 자옥은 할머니와 둘이 살고 있었다. 용돈이라도 자기 힘으로 벌고 싶었다. 자옥은 생각할수록 시큰해지는 코끝을 문지르려다 말았다. 딱 거기까지.

더 깊이 들어가면 힘들다. 복잡한 건 딱 질색이었다.

반지 코너에서 한 손님이 손을 들어 도움을 청했다. 자옥은 손님에게 다가갔다. 20대 정도로 보이는 손님이 케이스에 담겨 있는 한 액세서리를 가리켰다. 하트 모양의 분홍색 큐빅이 가운데 달린 작은 링이었다.

"네, 무엇을 도와 드릴까요?"

자옥은 아르바이트생의 필수 요소인 친절 항목을 전신에 장착하고 물었다.

"이거, 왜 이렇게 비싸지?"

반말투로 톡 쏘는 질문이 자못 사나웠다. 자옥은 일순 긴장했다. 손님이 바란 건 도움이 아니었나 보았다. 어째 순조롭게 흘러간다 싶더라니, 오늘도 어김없이 진상 등장이었다.

'일개 아르바이트생인 나한테 말하지 말고 본사에 얘기하세요!'

라고 얘기하고 싶다. 자옥은 속으로만 생각하면서 눈을 깜박였다. 이럴 때는 손님이 말할 기회를 주지 않고 떠들어대는 것이 최선이다. 자옥은 프리미엄, 신상품, 한정판 같은 단어를 써 가며 상품의 특징과 장점을 길게 설명했다. 나긋나긋한 설명과 함께 반올림한 입꼬리는 덤이었다. 자신의 공격에도 아랑곳하지 않고 능숙하게 방어해 내는 자옥을 보며, 손님은 지겨워졌는지 더 이상의 설명을 거부하며 자리를 벗어났다. 자옥은 손님의 뒤통수에 대고 인사를 하면서 속으로 혀를 내밀었다. 역시 공격이 최선의 방어다. 오랜 아르바이트 생활이 말해 주는 진리였다.

겉으로는 태연한 표정을 유지했지만, 그래도 화가 나는 건 참을 수 없었다. 아르바이트생이 화풀이 대상도 아니고, 하루에도 몇 번씩 이런 식으로 시달려야 하느냐 말이다. 끓기 직전의 물주전자처럼 성난 마음이 들썩였다. 스트레스를 풀 곳이 절실히 필요했다. 자옥은 45도로 올라간 눈꼬리를 겨우 진정시키며, 다시 손님들의 움직임을 주시했다.

이번에는 한 외국인 학생이 자옥의 눈에 들어왔다. 제 또래로 보이는 그 학생은 머리에 핀을 꽂고 이리저리 사진을 찍어대고 있었다. 태닝이라도 한 듯한 갈색의 건강한 피부, 커다란 눈에 짙은 쌍꺼풀, 뚜렷한 이목구비. 얼굴은 예쁘지만 어리바리해 보이는 게 마침 잘 걸렸다 싶었다. 사지도 않을 거면서 SNS에만 올릴 목적으로 귀한 액세서리에 손때를 묻히는 부류들. 첫 번째 진상에 이어 '진상2'의 등장이었다. 자옥은 먹이를 포착한 사냥꾼처럼 조용히 진상2에게 걸어갔다. 기척을 느낀 진상2가 고개를 돌렸다. 그 틈을 놓치지 않고 자옥은 기습 질문을 던졌다.

"사실 거예요?"

예상치 못한 질문에 진상2의 얼굴에 당황한 빛이 떠올랐다. 웃는 얼굴로 상대방에게 말의 가시를 날려주는 것, 따분한 아르바이트 생활에 활기를 불어넣는 필수 스킬이었다. 진상2는 자옥의 기세에 물러서는가 싶더니 곧바로 반격을 시도했다.

"얼마예요?"

"좀, 비싸요."

자옥은 왠지 모를 카타르시스를 느꼈다. 늘 당하기만 하던 아르바이트 인생에 잠깐 빛이 비친 것 같았다. 잠시나마 뒤바뀐 갑을 관계를 만끽하고 싶었다. 하지만 진상2도 만만치 않았다. 씩씩대던 진상2가 곧바로 백팩에서 지갑을 꺼내는가 싶더니, 신용카드를 자옥의 눈앞에 들이밀었던 것이다. 말로만 듣던 VVIP 카드였다. 상황이 예상치 못했던 방향으로 흘러가고 있었다. 진상2가 진상이 아니었던 건가. 아까의 분함에 눈이 멀어, 너무 빨리 손님을 판단하고 말았다는 미안함이 밀려들었다. 그렇지만 VVIP 카드로 계산할 정도까진 아닌데…… 서로가 민망한 상황은 만들고 싶지 않았다. 자옥의 생각과는 반대로, 진상 아닌 진상2는 카드를 거둬 갈 기세가 아니었다. 어쩔 수 없이 자옥은 천천히 계산대로 걸어갔다. 의기양양한 진상2의 모습이 뒤통수에 와서 박혔다.

"3천 원입니다."

삐빅, 카드 긁는 소리가 유난히 경쾌하게 들렸다. 가격을 들은 진상2의 얼굴이 귀밑까지 빨개졌다. 진상 아닌 진상2가 자옥의 손에서 머리핀을 낚아채더니, 도망치듯 밖으로 사라졌다. 자옥은 진상 아닌 진상2의 뒷모습을 보며 웃음을 참느라 입술을 깨물었다. 미안해, 다음번엔 잘해 줄게.

고단했던 아르바이트를 끝내고 집으로 향했다. 버스로 네 정거장 거리였지만 걸어가기로 했다. 차비가 아깝기도 했고, 가을 날씨가 너무 푸르고 맑아 괜히 걷고 싶었다. 저녁은 매장 뒤편 간이 휴게실에서 식은 햄버거로 때웠다. 사장에게는 또 야단을 맞았다. 매장에 진열되어 있던 몇몇 액세서리들이 또다시 자취를 감췄던 것이다. 사장은 자옥이 제대로 보지 않으니까 이런 일이 일어나는 거라고 했다. 이번엔 그냥 넘어가지만 다음번에는 정말 아르바이트 비용에서 제하겠다고. 자옥은 부동 자세로 선 채로, 양배추즙처럼 쓴 사장의 말을 삼켰다.

대로변을 돌아 골목길로 들어섰다. 길가 전봇대에 붙은 전단지가 떨어질 듯 덜렁거리고 있었다. 자옥은 쓰임을 다한 듯한 전단지를 떼었다. 폐지를 줍는 할머니에겐 한 장의 전단지라도 쓸모가 있을 터였다. 슬쩍 내용을 들여다보니 청소년 밴드 경연대회를 한다고 쓰여 있었다. 딱히 관계는 없었지만 구미가 당기긴 했다. 중학교 때 했던 밴드 활동이 떠올랐기 때문이었다. 자옥은 밴드 베이스였다. 시멘트 냄새가 빠지지 않은 학교 옆 가건물을 연습실로 삼아, 친구들과 함께 모여 밤이 깊도록 연습을 했다. 다른 고등학교로 가면서 멀어지긴 했지만, 기타를 치던 아란과는 죽이 잘 맞기도 했다. 공연할 곡의 코드를 따고 연주를 하노라면 시간 가는 줄 모르던 때가 있었다.

자옥의 꿈은 음악을 하는 거였다. 할머니는 열심히 공부해서 공무원이 되라고 하시지만(그렇다고 공무원은 뭐 아무나 되나 싶긴 하지만). 구체적으로 방향을 설정한 건 아니다. 다만 아직 다른 꿈을 생각해 본 적은 없었다. 액세서리 가게 전에는 실용음악학원에서 아르바이트를 했다. 그때 인연을 맺은 원장과는 아직도 연락하며 지내고 있었다. 아르바이트 시간만 바뀌지 않았다면 계속 다녔을 것이다. 내키면 직접 베이스도 가르쳐 주고, 안 쓰는 연습실이 있다며 언제든지 사용하라며 빌려주기도 했으니까. 원장은 자옥이 성실하다며 예뻐했다. 원장의 배려로, 볕이 들지 않는 반지하 연습실을 자옥은 자신만의 비밀 아지트로 삼았다. 물론 자옥도 알고 있었다. 음악을 하겠다는 건, 밑도끝도 없이 가난한 집의 기생수에게는 벅찬 꿈이라는 걸.

라면처럼 꼬불꼬불한 골목길을 돌아 경사진 언덕을 한참 올랐다. 높은 곳에 위치한 집들 중에서도 가장 꼭대기에 위치한 곳이 자옥의 집이었다. 녹이 슨 녹색 철문을 열고 들어섰다. 한옥을 개조한 낡은 집의 풍경이 자옥을 맞았다. 이 시간대면 늘 집에 있던 할머니가 보이지 않았다. 아직까지 폐지를 많이 줍지 못한 모양이었다. 정해진 양을 채우기 전까지, 할머니는 돌아오지 않을 것이다. 허기가 졌다. 햄버거를 너무 급하게 먹었다. 라면이라도 끓일 요량으로 마당을 가로질러 부엌으로 가려는데, 문을 두드리는 소리가 들렸다.

"계세요?"

이 시간에 누굴까. 자옥은 밖으로 나가 문을 열었다. 집배원 아저씨가 커다란 가방을 메고 대문 앞에 서 있었다. 늘 마주치던 얼굴이 아니었다. 올라오느라 힘들었는지 아저씨의 온몸에 땀이 홍건했다.

"여기 찾느라 힘들었어. 주소가 헷갈려서."

아저씨가 숨을 몰아 쉬었다.

"일 시작한 지 얼마 안 됐거든."

항상 이 동네를 다니던 사람은 그만두고, 앞에 서 있는 아저씨가 새롭게 일을 맡은 것 같았다. 흘러내린 땀으로 소금산이라도 만들 수 있을 것 같다고 생각하는데, 아저씨가 가방에서 우편물 하나를 꺼내 내밀었다. 안 봐도 돈 내라는 독촉장이나 고지서일 게 뻔했다. 자옥은 별 생각 없이 우편물을 받아 들여다보았다.

그것은 편지였다. 요즘 세상에 이메일도 아니고 누가 편지를 보낸걸까? 자옥은 궁금하면서도 꺼림칙한 마음으로 조심스레 편지를 살폈다. 우체국에서 파는 흰 편지봉투에, 받는 사람 부분에 자옥의 이름이 삐뚤빼뚤하게 써져 있었다. 편지 올 데가 없는데, 자옥은 의아했다. 보낸 사람 주소에는 한글이나 영어가 아닌, 눈으로 알아

볼 수 없는 언어가 쓰여 있었다. 여기가 아닌 데서 온 편지였다. 멀리, 비행기를 타고 온 편지. 고성능 앰프의 사운드를 높인 것처럼 가슴이 뛰었다. 자옥은 조심스레 편지를 열어보았다.

사랑하는 신자옥.

잘 지내니. 한국 지금 시원한 바람 불지. 여기 언제나 따뜻하다. 나는 바쁘게 지내고 잇다 이곳에. 여러 개 편지 보냈는데 답 업구나. 너는 잘 지내고 잇습니까?

나는 살아왔다. 오랜 시간 너를 그리워하며. 옛날 내 선택 잘못이다. 너 가지고 왔어야 햇다. 시간 되돌리고 십다. 미안해 정말 엄마가. 네가 행복하기 좋아. 사랑한다. 이제 엄마가 잇는 나라로 오지 않을래?

Xin chao. 신자옥. 보고 싶다. 건강 조심하다. 엄마가.

한 장짜리 짧은 편지에 새겨진 엄마라는 글자를, 자옥은 뚫어지게 쳐다보았다. 엄마. 너무 오랜만에 보는 호칭이었다. 이상했다. 소리 내 발음해 보려고 했지만, 말보다 눈물 한 방울이 먼저 떨어졌다.

"왜 그래? 우는 거야?"

아저씨의 걱정스러운 물음에 자옥은 고개를 흔들었다. 아니라고 말하려는데, 이번에는 눈에서 눈물이 걷잡을 수 없이 쏟아졌다. 자옥은 손등으로 눈물을 훔쳤다. 왜 이렇게 눈물이 나는지 모를 일이었다. 이 시간이면 언제나 집에 있던 할머니가 떠올랐다. 예전에 다니던 집배원이 할머니에게만 편지를 건네던 기억, 뭐가 온 거냐고 물어보면 아무것도 아니라며 보물찾기라도 하듯이 꽁꽁 감추던 할머니의 행동. 모든 것이 이해가 갔다. 예전 집배원이 그만두면서, 그동안 지켜 오던 둘만의 비밀이 인수인계가 안 되었던 모양이다. 자옥은 그 자리에 서서 오래오래 울었다. 가만히 서 있던 아저씨가 등을 토닥였다. 아무것도 모르면서. 그래서 더 위로할 자격이 된다는 듯이.

아저씨가 떠난 후, 자옥은 다른 편지들도 있는지 집 안 곳곳을 뒤지기 시작했다. 편지는 안방에 있는 옷장 밑바닥에서 의외로 쉽게 찾을 수 있었다. 먼지를 머금은 편지들은 여러 겹의 세월을 간직한 채 잠들어 있었다. 자옥은 그것들을 하나하나 읽었다. 편지 내용은 비슷비슷했다. 미안하다, 보고 싶다 같은 상투적인 말들. 이제는 희미해져 원망조차도 없던 엄마였다. 뒤늦게 무슨 바람이 불어 이렇게 편지를 보내게 된 걸까. 데려갈 거면 처음부터 데려가지. 그리움도 서글픔도 아닌, 설명할 수 없는 감정이 솟구쳤다.

밤늦게 할머니가 돌아왔다. 할머니는 난장판이 된 집 안을 보고 무슨 일이 일어난 건지 짐작하는 듯했다. 자옥은 마루에 멍하니 앉아 있었다. 퉁퉁 부은 얼굴로, 어떤 변명도 듣지 않겠다는 듯이.

"자옥아."

"왜 그랬어?"

날카로운 자옥의 물음에, 할머니가 리어카를 잡고 있던 손을 내렸다. 실려 있던 폐지 더미 중에서 몇 개가 아래로 쏟아졌다. 깊어진 어둠만큼 침묵이 흘렀다. 할머니가 끙, 하고 허리를 폈다.

"제 자식을 버리고 갔어. 찾지도 못할 그 먼 외국으로."

그리고는 바닥에 떨어진 폐지들을 주섬주섬 주웠다.

"……그래도 내 엄마잖아."

자옥은 할머니를 똑바로 쳐다봤다. 할머니는 먼 곳을 바라보았다. 아니, 어디에도 없는 것 같기도 했다. 편지를 숨긴 마음을 전혀 이해하지 못할 바는 아니었다. 어쩌면 어리광인지도 모른다. 하지만 자옥은 설명할 길 없는 그 마음을 어디에라도 풀고 싶었다. 자신의 잘못도 아니면서, 그저 그렇게 되어버린 것들에 대해서. 그리움도 슬픔도 원망도 없이, 아무것도 모른 채로 지나버린 시간들에 대해서.

"잊어버려라."

할머니는 무뚝뚝하게 한 마디를 더 던졌다. 말랐던 눈물이 도로 고이기 시작했다. 툭 내뱉은 말처럼 모든 것이 쉽게 이루어진다면. 하지만 할머니도 알고 있을 터였다. 아무리 애써도 잊혀지지 않는 게 있다는 것을. 이제는 아무것도 모르던 예전처럼 다시 돌아갈 수 없다는 것을.

그 말을 끝으로 할머니는 집 안으로 들어가 버렸다. 마치 아무 일도 없었다는 듯이. 고였던 눈물이 방울이 되어 떨어졌다. 자옥은 할머니의 등을 향해 크게 소리라도 지르고 싶었다. 왜 그랬냐고 악을 쓰고, 우산 손잡이처럼 휘어진 등짝을 세게 때려 주고 싶었다. 대신에 자옥은 마루에서 일어나 하늘을 바라봤다. 하늘은 별 한 점 없이 어두컴컴했다. 자신을 로켓 추진체삼아 하늘로 쏘아 올리고 싶었다. 하늘을 건너온 편지처럼. 하지만 이렇게 캄캄한 밤이어서는, 구름에 닿기도 전에 땅으로 추락해 버리고 말 것이다. 자옥은 발걸음을 옮겼다.

자옥은 편지를 손에 쥔 채로 자신만의 비밀 아지트에 앉았다. 사방이 콘크리트로 덮인 지하 연습실은 버려진 악기들과 자욱한 먼지로 가득했다. 곳곳에 금이 간 벽에서는 곰팡이가 피었고, 천장에 달린 형광등은 금방이라도 꺼질 듯 깜박거렸다. 오아시스 없는 사막처럼 아지트는 삭막했지만, 자옥에게는 그윽하고 편안한 낙원과도 같은 장소였다. 혼자서 풀기 어려운 숙제가 생길 때마다 자옥은 이곳에 와서 한참을 앉아 있다 가곤 했다.

엄마. 자옥은 외국어를 처음 배우는 학생처럼 조심스레 발음해 보았다. 아무리 말해 봐도 그 단어는 입에 붙지 않고 낯설었다. 손에 쥐었던 편지를 펼쳐 몇 번을 반복해서 읽었다. 짧은 편지 안에 담긴 엄마의 흔적이 안개처럼 어렴풋했다.

엄마는 후회한다고 썼다. 무엇을 후회한다는 말일까. 한국을 떠난 것, 자옥을 데려가지 않은 것, 바로 연락하지 않은 것. 아니면 그 모든 것들에 대해서일까.

엄마는 자기 나라로 오라고 했다. 언제나 따뜻한, 사계절 내내 여름인 곳. 풍성한 논과 밭이 끝도 없이 펼쳐지고, 도시에는 무질서한 오토바이 소리가 종일 빵빵거리고, 쌀국수와 커피가 맛있는, 엄마의 나라. 자옥은 지리 수업 시간에 배웠던 베트남이라는 나라를 그려 보았다. 빨간 바탕에 노란색 별이 그려진 국기 말고는 아무것도 잡히는 게 없었다. 문득 궁금해졌다. 엄마는 어떻게 지내고 있을까. 무슨 일을 하며 살아가는 것일까. 밥은 잘 먹고 지내고 있을까. 한 번도 오지 않는 답장을 보며 무슨 생각을 하고 있을까. 행복, 할까?

한 번이라도 좋으니 만나고 싶어졌다. 만나서 왜 자신을 버렸냐고 묻고 싶었다. 왜 상의도 없이 모든 것을 결정했느냐고 따지고 싶었다. 할머니보다는 조금 덜 휘었을 엄마의 등짝을 더 세게 때려 주고 싶었다. 하지만 어떻게 갈 수 있을까. 베트남은 먼 나라였다. 자유자재로 공간을 넘나드는 만화책 속 기생수가 아닌 이상, 그곳에 가려면 비행기를 타야 했다. 그건 곧, 돈이 든다는 의미였다. 지금 상황에서 돈을 마련할 길이란 막막했다. 액세서리 가게에서 아르바이트를 하고 있긴 하지만, 그걸로는 생활비 쓰기에도 급급했다.

해답이 보이지 않을 때는 다른 것에 빠져보는 것도 방법이다. 자옥은 한구석에 먼지를 뒤집어쓴 채 비스듬히 서 있는 베이스 기타를 꺼내 들었다. 너바나(Nirvana)의 'Come as you are'를 손가락으로 팅기고 있자니 마음이 조금은 차분해지는 듯했다.

Memoria, memoria

Memoria, memoria······.

아직 손가락이 녹슬지 않았군, 흡족해하는데 불현듯 머릿속에 어떤 생각이 떠올랐다. 헬륨가스를 넣어 부푼 풍선처럼 희망스러운 예감이 차올랐다. 연주를 멈춘 자옥이 책가방 속에 손을 넣어 구겨진 전단지를 꺼냈다. 폐지를 줍는 할머니에게 건네려고 주웠던 종이였다. 구겨진 부분을 손바닥으로 펴서 찬찬히 다시 읽어 보았다. 청소년 밴드 경연대회. 1등 상금 천만 원.

찾았다. 돈을 마련할 방법.

전단지에는 꿈을 펼칠 수 있는 단 한 번의 기회를 놓치지 말라고 쓰여 있었다. 자옥에게도 그것은 기회였다. 저 돈이면 비행기로 지구 네 바퀴를 돌고도 남을 것이다. 이제 남은 건 함께할 멤버들을 모아 입상을 하는 것뿐. 마음속에 희미했던 기대와 희망이 피어올랐다. 비행기를 타고 하늘을 날아 엄마의 나라로 갈 것이다. 대나무로 만든 삼각형 모자를 쓰고, 무질서하게 빵빵거리는 오토바이를 타고, 땀을 뻘뻘 흘리며 도시를 달리고 강을 지나고 다리를 건너 엄마에게 갈 것이다.

　얼굴도 목소리도 잘 기억나지 않지만, 그래도 엄마니까.

　자옥은 입고 있던 멜빵바지 주머니에서 핸드폰을 꺼냈다. 카카오톡 친구 목록을 뒤져, 중학교 시절 밴드부 활동을 같이 했던 친구들을 찾았다. 기타를 쳤던 장아란의 이름을 목록 아래쪽에서 찾아냈다. 반가운 이름을 보자, 그때의 추억이 솜사탕처럼 몽실몽실 피어올랐다. 밴드부 이름이 '여왕벌'이 뭐냐며 핀잔을 주던 아란의 모습이 눈에 선했다. 그러고 보니 키보드를 치던 지호도 있었다. 노래의 핵심은 노랫말이라며, 스프링 노트와 0.38밀리 펜을 들고 뜻도 모를 가사를 적곤 하던 모습이 떠올랐다. 연습만 잘한다면, 어쩌면 할 수 있을지도 모른다. 자옥의 마음속에 자신감이 솟아올랐다. 자옥은 심호흡을 한번 한 뒤, 먼저 아란에게 카톡을 보냈다.

　우리 밴드 다시 할까?

키보드-지호

지호는 입꼬리를 위로 올렸다. 초대받은 파티에서 언제나 웃고 있는 어릿광대처럼. 자신감 넘치는 하이톤의 목소리엔 발랄함을 더하려 노력했다. 애니메이션에 나오는 씩씩한 히어로 주인공을 연기하는 성우처럼.

"지난번보다 나아진 것 같아요."

새로 칠한 하얀 페인트 벽이 반사판처럼 눈을 부시게 했다. 지호는 두 손을 공손히 무릎에 대고 말했다. 세상은 아름답고 사람들은 친절하며, 우울도 불안도 없는 평화로운 사회 속에서 무난하고 즐거운 일상을 보냈다라고. 최대한 멀쩡하게 보여야 했다. 의사 선생님은 건너편에서 미소를 띠고 앉아 있었다. 남은 페인트로 문지른 것처럼, 의사 선생님의 치아가 유난히 하얬다. 지호는 형광펜으로 문지르면 묻어날 듯한 그 치아를 바라보며 대답을 기다렸다. 의사 선생님이 천천히 입을 열었다.

"그런 것 같군요."

이번엔 드디어 통과인 건가. 정기적인 상담도, 수십 알의 약 처방과도 제발 안녕, 작별을 고하고 싶다. 지호는 의사 선생님의 눈치를 보며 말을 이어나갔다.

"미래에 대한 불안 증세도 약해졌고, 무기력한 것도 덜해졌어요. 두통이나 과호흡 같은 신체적 증상도 없어졌고요. 더이상 죽고 싶다는 생각도 들지 않아요."

지호는 신뢰가 가득한 눈빛을 담아 의사 선생님을 쳐다봤다. 앞머리가 조금 벗겨진 40대의 의사 선생님은 오이처럼 길쭉한 얼굴에 여전히 미소를 띠고 있었다. 저 미소에서 어쩌면 긍정적인 대답을 읽을 수 있을지도 모른다, 기대하는데 의사 선생님의 입이 열렸다.

"조금 더 지켜보죠. 2주 뒤에 봅시다."

지호는 김이 빠졌다. 또 저 소리다, 수십 번을 들어 감흥조차 없는. 2주 뒤 상담에 같은 약 처방. 의사 선생님의 미소는 흔들림이 없었다. 지호는 대답도 없이 일어나

문을 열고 대기실로 향했다.

토요일 오전, 단비정신건강의학과의원 로비는 진료를 받으러 온 환자들로 북적거렸다. 겉으로는 어디가 아픈지 알 수 없는 사람들이 저마다의 병명을 간직한 채 자신의 이름이 불리기를 기다리고 있었다. 지호는 한쪽 구석에 위치한 대기실 의자에 앉았다. 사람들의 눈은 벽에 붙은 TV에 고정돼 있었다. 늘 그렇듯 지루하고 재미없는 뉴스가 흘러나오고 있었다. 누가 어디서 누구를 죽이고, 누가 어떻게 사고를 당하고, 또 누가 언제 스스로 목숨을 끊고…… 반복되는 뉴스에 흥미가 없어진 지호는 옆으로 고개를 돌렸다.

TV 옆 벽과 기둥 사이에 한 남자애가 서 있었다. 푸들을 닮은 갈색 곱슬머리에 같은 색의 눈동자, 오똑한 콧날과, 가로로 길게 벌어진 입은 장난스럽게 입꼬리가 말려 올라가 있었다. 실내에서도 모자와 마스크로 꽁꽁 얼굴을 가린 아줌마, 지팡이를 짚고 서서 지나가는 사람들에게 시비 거는 할아버지, 끊임없이 똑같은 말을 중얼거리는 아저씨…… 병원에 드나드는 환자들 사이에서 남자애는 지호의 유일한 또래이자, 유일한 정상인처럼 보였다. 남자애는 벽에 비스듬히 기대 서서 팔짱을 낀 채로 허공을 응시하고 있었다. 입은 웃고 있지만 눈은 어디에도 향해 있지 않은, 비 맞은 낙엽처럼 쓸쓸한 분위기를 풍기는 남자애의 모습을 지호는 슬쩍 훔쳐봤다. 처음 본 얼굴은 아니었다. 병원에 올 때마다 몇 번 마주치긴 했으니까. 기둥에 기댄 그애의 모습이 유독 눈에 들어온 건, TV가 특별히 재미없었기 때문일까. 머릿속에 잠시 떠오른 물음도 이내 지겨워져, 지호는 생각을 그만두기로 했다. 가벼운 두통이 일었다.

병원에 드나든 지는 오래되었다. 처음에는 약한 감기 같았던 것이 지금은 커져버린 혹처럼 어느새 몸과 마음의 일부를 차지하고 있었다. 정확한 병명은 모른다. 의사도 말해 주지 않았고, 지호도 딱히 물어보려 하지 않았다. 그런 걸 물어볼 만큼의 에너지가 없었다. 아마도 우울증이 아닌가 추정만 할 뿐이다. 듀미록스, 인데놀, 아빌리파이, 브린텔릭스…… 발음하기도 어려운 약들이 지호의 이름 앞으로 처방되었다. 처음에는 그저 잠이 왔다. 수업 시간에도, 식사 시간에도 지호는 잠을 이기지 못하고 꾸벅꾸벅 졸았다. 밤에는 매일 다른 종류의 꿈을 꾸었고 잠꼬대도 했다. 모든 것이 귀찮았다. 밥을 먹는 것도, 씻는 것도, 대화를 나누거나 생각하는 것조차도. 학교 옥상 난간에 길터앉은 채로 졸고 있는 것을, 수학 선생님이 발견하고 지호를 병원으로 데려왔다. 그때부터 지금까지 지겨운 상담이 계속되고 있었다. 지호는 자신이 정상이라고 생각했다. 단지 이 세상과 조금 맞지 않을 뿐. 물론 의사 선생님은 그렇게 생각하지 않는다는 게 문제였지만.

"김지호 님."

"네."

간호사의 부름에, 단조로운 음악에 화음이라도 넣은 것처럼 동시에 대답 소리가 났다. 지호는 놀라서 소리가 난 쪽을 쳐다봤다. 기둥 옆에 서 있던 남자애였다. 서로의 눈이 공중에서 마주쳤다 이내 떨어졌다. 잘못 들었나 싶었지만, 약을 받으러 가는 수납 창구로 남자애도 똑같이 걸어왔다. 어리둥절한 두 사람의 모습에, TV를 향해 있던 사람들의 눈길이 쏠렸다. 지루하던 병원에 재미난 구경거리라도 생긴 듯한 눈빛들이었다. 잠시 무슨 일인가 확인하던 간호사가 웃음을 터뜨렸다.

"그러고 보니 이름이 비슷하네요. 김지호, 김제오. 나이도 같고, 신기하네."

한 병원에 이름이 비슷한 정신병자라니. 지호는 얼른 자기 몫의 약을 챙겨 들었다. 2주 분의 약봉지가 두툼

했다. 평범한 자신의 이름이 이렇게 창피할 수가 없었다. 마스크라도 있다면 얼굴을 가린 채로 사라지고 싶었다. 환자들의 웃음소리가 우스꽝스러운 공연에 대한 답례 박수처럼 들렸다. 지호는 뒤도 돌아보지 않고 밖으로 뛰쳐나갔다. 병원의 투명 유리문이 반동에 의해 세차게 흔들렸다.

가을볕이 따스했다. 양갈래로 땋은 머리 사이로 드러난 목덜미가 뜨끈했다. 지호는 집까지 이어진 하천을 따라 느리게 걸었다. 길가에 코스모스가 드문드문 피어 있었다. 하천을 가로지르는 다리를 건너다 말고 지호는 멈춰 서서 강을 쳐다봤다. 수심이 족히 2미터는 되어 보이는 강물이 눈앞에서 도도하게 흘러갔다. 강물에 비친 햇빛이 골든리트리버의 털처럼 황금색으로 빛나고 있었다. 턱을 괸 채로 그 모습을 한참 쳐다보다가, 지호는 다리에 걸터앉았다. 왼쪽 옆구리에 낀 에코백에서 아이패드를 꺼내 키노트를 켰다. 머릿속에서 떠오르는 대로 낙서를 끄적였다. 상담 후부터 생긴 지호의 습관이었다. 마음 치료를 위해 글을 한번 써 보라는 의사 선생님의 말을, 지호는 그나마 충실히 지키고 있었다.

네가 쓰는 글이 언젠가는 노래가 될 수도 있을까. 그
생각은 어렴풋한 꿈처럼 지호를 건드렸다. 잘못 세워진
사탑처럼 삐딱한 세상을 언어로 스케치하고 싶었다. 중
학교 때는 밴드부에서 키보드를 연주하기도 했다. 지치
지도 않고 땀에 흠뻑 젖도록 연습하던 자신의 모습이 떠
올랐다. 무엇보다 마음이 건강하던 그때, 어둠이 말을 걸
어오기 전이었다. 하천 쪽에서 바람이 불어왔다. 지호는
낙서에 음을 입혀 떠오르는 대로 허밍을 했다. 살며시 눈
을 감았다. 강물의 소용돌이처럼 어지럽던 세상이 눈앞
에서 사라졌다.

　　증상은 원인 없이도 찾아온다. 우울감에 딱히 이유
는 없었다. 집이 가난한 것도 아니었고, 부모님이 사이
가 안 좋은 것도 아니었다. 성적은 중상위권을 맴돌고 있
었고, 왕따를 당한다거나 누군가의 미움을 받지도 않았
다. 어쩌면 자신의 뇌가 태어났을 때부터 남들과는 다르
게 생겨먹은 것인지도 모른다. 빈 깡통처럼 찌그러진 세
상 속에서, 언젠가 폐기 처리될 자신의 미래가 붓으로 그
린 듯 선명할 뿐. 약을 먹게 되면서, 지호는 어느 순간 아
무것도 느낄 수 없었다. 기쁨도 슬픔도 분노도 아픔도, 모
두 한 덩어리로 굴러다니는 돌멩이 같았다. 의사 선생님

은 그게 다 치료의 과정이라고 했다. 그 과정 속에 자신의 감정도 아무렇게나 구르고 있는지도 모른다. 지호는 눈을 떴다.

지호는 계속 그 다리에 앉아 있었다. 얼마나 시간이 지났을까. 저 멀리 야경이 빛났다. 밤이 깊어질수록 불빛이 선명했다. 팔이 긴 원숭이 인형처럼 다리 난간에 매달려, 지호는 아래를 내려다보았다.

여기서 뛰어내리면 어떻게 될까.

회색 톤의 강물이 빛바랜 흑백사진처럼 아득했다. 거친 물살이 금세라도 자신을 집어삼킬 것 같았다. 장난처럼 지호는 다리 위로 올라갔다. 언젠가 학교 옥상에 몰래 올라갔던 것처럼. 조그마한 돌다리는 의외로 튼튼했다. 여기서 발 하나만 앞으로 디디면, 그럼 모든 것이 괜찮아질까. 비스듬하게 선 자세로, 지호는 고개를 밑으로 떨어뜨렸다. 서늘한 바람이 귓가를 스쳤다.

"야, 김지호!"

갑자기 튀어나온 목소리에 놀라 지호는 뒤를 돌아봤다. 병원에서 봤던 그 남자애였다. 남자애는 팔짱을 끼고 이쪽을 바라본 채 서 있었다. 언제부터 저기 있었던 걸까. 어떻게 자신을 발견한 걸까. 지호가 이 우연한 만남에 어리둥절해하고 있을 때, 남자애가 이쪽을 향해 성큼성큼 걸어오기 시작했다. 푸들을 닮은 갈색 곱슬머리가 발걸음에 따라 자연스럽게 흔들렸다. 지호는 저도 모르게 뒷걸음질을 치다 발을 헛디디고 말았다. 한쪽 발이 허공을 짚고 강물 바닥으로 떨어지려는 찰나, 남자애가 지호를 붙잡았다.

"괜찮아?"

옅은 갈색 눈동자가 온전히 자신을 들여다보고 있었다. 꽉 잡힌 팔목이 그제야 아팠다. 눈물이 날 것만 같아 지호는 잡힌 팔을 빼내고 고개를 숙였다. 아무렇지도 않은데 왜 눈물이 나는 걸까. 알 수 없는 감정이 수수께끼처럼 지호를 뒤흔들었다. 빠르게 눈물을 걷어내고 다시 고개를 들었다. 그 모습을 본 남자애가 씨익, 웃었다. 뒤집은 초승달처럼 남자애의 입꼬리가 올라갔다. 귀 밑까지 내려온 갈색 머리카락이 달무리처럼 입 언저리를 감쌌다.

"약 바뀌었잖아. 바보냐!"

남자애가 청자켓 안주머니에서 약봉지를 꺼내 흔들었다. 하얗고 두툼한 약봉지가 어둠 속에서 빛났다. 병원에서 정신없이 나올 때 뒤바뀐 것 같았다. 지호는 웃음이 터지고 말았다. 지켜보는 남자애의 얼굴에도 미소가 번졌다. 지호와 남자애는 다리 위에서 한참을 웃었다. 불빛이 있는 멀리까지 웃음 소리가 퍼졌다. 높다란 다리 아래로, 색을 되찾은 강물이 시원하게 흘러갔다.

"네 병명은 뭐야?"

"난 잘 몰라. 안 물어봤거든. 아마도 우울증? 넌?"

"나?"

제오가 눈을 찡긋했다. 그 모습이 귀여워 보였다.

"충동조절장애래. 한 마디로, 하고 싶은 건 뭐든 해야 하는 병이지."

아무렇지도 않은 것처럼 말하는 모습이 장난스러웠다. 지호는 다시 웃음을 터뜨렸다. 웃음을 그친 둘은 서로를 바라보았다. 남자애가 손을 내밀었다. 지호는 잠시 망설이다 그 손을 잡았다. 괜찮다. 지호와 제오가, 서로 손을 잡았다.

에코백에 넣어 놨던 핸드폰에서 카톡 알람이 울렸다. 지호는 핸드폰을 열어 메시지를 확인했다. 아란과 자옥이었다. 마치 며칠 전에도 만났다 헤어진 사이처럼, 친구들은 스스럼없이 초대장을 내밀고 있었다.

'우리 밴드에 합류할래?'

지호는 답장을 적기 시작했다.

첫 합주

먼지를 뒤집어 쓴 아지트는 없는 것 투성이었다. 숨막히는 반지하 공간엔 창문 하나 없고, 소음을 최소화할 방음벽도 없고, 연습 상황을 체크해 볼 전면 거울도 없었다. 그래도 이게 어디냐며 장소를 마련한 자옥은 생색을 냈다. 자옥과 지호는 아란과, 아란이 데려온다는 친구를 기다리는 중이었다. 누군가 버리고 간 소파는 스프링이 고장 나 엉덩이가 아팠고, 시멘트 벽에서 흘러나온 냉기는 새삼 옷깃을 여미게 했다. 단상에는 세팅된 악기들이 패잔병처럼 늘어서 있었고, 천장에 달린 형광등은 약하게 빛을 내고 있었으며, 구석에는 정체불명의 상자들이 쌓여 있었다. 그나마 다행인 것은 악기들의 상태였다. 실용음악학원 청소를 조건으로 빌려온 악기는 낡았지만 그럭저럭 쓸 만해 보였다.

자옥과 지호가 소파에 앉아 한참 수다를 떠는 사이, 아지트 문이 열렸다. 자옥과 지호의 눈이 문 쪽으로 쏠렸다. 거기에는 아란과, 아란을 따라온 처음 보는 새 친구가 서 있었다. 커다란 눈동자에 보기 좋게 그을린 갈색 피부, 예쁘장하면서도 뭔가 어설프고 허술해 보이는 분위기. 어디서 본 것 같은데…… 자옥은 고개를 갸웃했다.

"인사해. 이쪽은 돌리."

아란의 소개에 무심코 쳐다보던 자옥이 눈을 크게 떴다. 그제야 생각났다.

"너는, 진상2?"

"무슨 소리야?"

그 소리에 아란이 영문을 모르겠다는 듯 반문하는데, 자옥을 보는 상대방의 눈도 커졌다. 이제야 퍼즐이 맞춰졌다. 무승부로 끝난 액세서리 가게에서의 기싸움이 서로의 머릿속에 떠올랐다.

"뭐야, 아는 사이였어?"

"아니, 뭐……."

아란의 물음에, 자옥이 겸연쩍게 머리를 긁적이며 말끝을 흐렸다.

"돌리. 얘들은 신자옥, 김지호야. 중학교 때 친구들."

소개를 마친 아란이 소파의 빈 자리에 앉고, 돌리가 선 채로 손을 들어 인사를 표시했다. 네 명이 들어가자 좁은 아지트가 꽉 찼다. 안절부절못하던 자옥이 두 손을 기도하듯 모으고 한쪽 눈을 찡긋했다.

"그땐 미안."

애교 섞인 자옥의 사과에 돌리가 귀엽게 눈을 흘기더니, 이내 미소를 지었다. 서먹하던 분위기가 대번에 풀어졌다. 자옥이 밴드의 결성과 목적, 방향에 대해 자초지종을 설명했다. 청소년 밴드 경연대회 전단지를 나머지 세 명이 돌려가며 읽었다. 세 명은 자옥의 설명에 따라 고개를 끄덕이기도 하고, 공감을 표시하거나 다른 의견을 제시하기도 했다. 얼굴을 맞댄 모양새가 자못 진지했다. 자옥이 말을 끝내자, 아란이 주머니에서 풍선껌을 꺼내 모두에게 돌렸다.

"나이가 몇인데 아직도 풍선껌을 씹어?"

자옥의 핀잔에도 아랑곳없이, 달처럼 커다랗게 풍선을 불며 아란이 말했다.

"먼저, 어떤 곡을 할지부터 결정해야 되지 않겠어?"

아란의 문제 제기에 모두가 공감하듯 고개를 끄덕였다.

"JD1 노래 어때?"

책, 책, 책, 책임져……. 자옥이 노래를 흥얼거리며 가볍게 율동까지 곁들였다. 익살스런 그 모습에 지호와 돌리가 웃음을 터뜨렸다. 아란이 손을 들어 반대했다.

"밴드가 아니잖아. 밴드 하면 뭐니뭐니 해도 록(Rock)이지."

아란이 검지와 새끼 손가락을 들어 'Peace'를 그려 보였다. 아란은 이매진 드래곤즈(Imagine Dragons)의 'Natural'이나 로열 블러드(Royal Blood)의 'Little Monster' 처럼 센 음악으로 가자고 했다. 이빨로 기타를 뜯고 무대를 깨부수는 퍼포먼스를 하며 강렬한 데뷔로 세상에 충격을 안겨주는 거다. 아란이 기타 치는 시늉을 하며 헤드뱅잉을 선보였다. 자옥도 질세라 아이돌 노래를 불러댔다. 둘이 무슨 노래를 부를지 티격태격하고 있는데, 가만히 앉아 있던 지호가 불쑥 말을 꺼냈다.

"저기, 그러지 말고 우리 노래는 어때?"

그 말에 모두의 이목이 쏠렸다.

"우리 노래라니?"

"그러니까 사람들이 다 아는 기성곡 대신에 우리가 노래를 만들어 부르는 거야. 신선하게."

갑작스러운 관심에 쑥스러운지, 지호가 살짝 얼굴을 붉히며 의견을 보탰다. 그리고는 소파 깊숙이 몸을 밀어 넣었다. 어리둥절한 표정으로 아란과 자옥이 지호를 바라봤다.

"우리 노래를? 어떻게?"

자옥이 물었다. 지호가 소파 바닥에 있던 에코백에서 아이패드를 꺼냈다. 아란과 자옥, 돌리가 자연스럽게 지호 주위를 둘러쌌다.

"사실, 내가 가사를 몇 개 써둔 게 있긴 하거든."

지호가 수줍게 미소 지으며 아이패드를 내밀었다.

"1차로 써 둔 가사에 우리 네 명이 돌아가면서 살을 붙이고, 거기에 밴드 어플을 이용해서 사운드를 만들면 될 것 같아."

지호가 키노트 어플에서 만든 이야기들이 가사에 맞는 음표와 리듬을 기다리며 들어 있었다. 아이패드를 들여다보던 아란이 대박이라며 엄지를 치켜올렸고, 자옥도 눈을 반짝였다. 직접 만든 곡으로 공연을 한다면, 다른 밴드

와의 차별성을 강조할 수도 있고 심사위원들에게 어필할 수도 있을 것 같았다. 어쩌면 자작곡으로 추가 점수를 얻을 수도 있을 것이다. 게다가 모여서 같이 노래를 만든다면 새로 만들어진 밴드의 단합도 도모할 수 있을 터였다.

"이번에 공연할 곡도 이런 식으로 만들면 좋을 것 같아. 가사도 새로 쓰고."

"그러면 다음 주까지 각자 영감을 얻어 와서 음악을 만드는 걸로 하자."

지호가 말을 마치자 자옥이 의견을 정리했다. 모두가 찬성을 표시했다. 이야기를 마친 4인방이 흩어져서 악기 상태를 체크하기 시작했다. 아란이 기타를, 자옥이 베이스 기타를 잡았고 지호가 키보드 앞에 가서 섰다. 본의 아니게 보컬 역할이 된 돌리가 스탠드 마이크 앞에서 쭈뼛거렸다. 그 모습을 본 자옥이 의아하다는 듯 물었다.

"그런데 보컬 오디션은 본 거야?"

"친구 사이에 오디션은 무슨."

아란이 단물 빠진 풍선껌을 불며 태평스럽게 말했다. 그럼 그렇지, 자옥이 이마를 손으로 짚었다.

"어째 순탄하게 흘러간다 했다."

지호도 난감하다는 듯 웃었다. 자옥이 돌리에게 물

었다.

"노래 부를 줄 아는 거 있어?"

돌리는 대답이 없었다. 단상 아래로 고개를 숙이고, 땀이 나는지 찢어진 청바지에 손바닥을 연신 문지를 뿐이었다. 악기 상태를 체크하던 자옥이 베이스 기타에서 손을 떼고 팔짱을 꼈다.

"노래는 연주로 커버하면 되니까. 뭐, 정 안 되면 노래 없이 경음악으로만 가도 되고. 너, 댄스는 되지?"

아란이 돌리를 두둔하며 말했다. 자옥이 아란을 가볍게 흘겨봤다. 그 모습에 아란이 한쪽 눈을 찡긋하며 혀를 내밀었다. 세 명이 다시 한 번 재촉하듯 돌리를 쳐다봤지만, 돌리는 그대로 서서 침묵을 지킬 뿐이었다. 자옥이 할 수 없다는 듯 팔짱을 풀었다. 이대로는 연습을 시작할 수 없었다. 새로 보컬을 구하거나 최악의 경우는 아란의 말대로 연주곡으로만 승부를 봐야 할 수도 있었다. 처음부터 난관을 만난 셈이었다.

"오늘은 그만하자."

자옥이 해산 선언과 함께 베이스 기타를 내려놨다. 지호도 키보드에서 손을 뗐다. 아란이 눈치를 보며 기타 줄을 매만졌다. 자옥이 곰돌이 케이스가 달린 가방을 챙겼다. 그쯤 되자 아란과 지호도 별 수 없다는 듯 단상에서 내려왔다. 다음에 보자며, 자옥이 문을 향해 한발을 내딛었다. 아란과 지호가 주섬주섬 가방을 챙겼다.

그 순간, 돌리가 결심한 듯 입을 열었다.

Oh my dear lover
you came into my life
I love you so much
I love with all my life

고효경의 '다시, 봄'이었다. 반주도 없이 부르는 노래가 좁은 아지트에 울려퍼졌다. 자옥이 발걸음을 멈췄다. 아란과 지호도 하려던 일을 멈추고 돌리를 바라봤다. 달콤한 솜사탕처럼 아름다운 음색이 서정적인 가사와 어우러져 환상적인 느낌이 들게 했다. 마치 밤이슬을 머금은 소금 사막에서 별을 낚는 듯한 기분이었다. 한국어는 조금 서툴렀지만 음정이 정확했고, 무엇보다 진심을 담은 목소리가 내면의 비밀스러운 한구석을 건드렸다. 셋은 아무 말도 못한 채 무방비 상태로 돌리의 노래를 감상했다. 노래가 흘러갈수록 각자의 얼굴에 안심한 듯한 미소가 번졌다.

노래가 끝났다. 허공을 떠돌던 솜사탕 음색이 내려 앉았다. 정적이 흘렀다. 아무도 말을 하지 않았다. 돌리가 땀이 밴 손바닥을 청바지에 문질렀다. 어색한 침묵을 깨고, 지호가 박수를 치기 시작했다. 아란과 자옥도 그제야 꿈에서 깬 듯 열렬히 박수를 쳤다.

"대박!"

아란이 신이 난 듯 돌리와 하이파이브를 했다. 아까와 다른 반응에 돌리가 얼떨떨해했다.

"너 진짜 노래 잘하는구나."

"이 정도면 우승도 노려볼 만하겠어."

"진짜 대박. 완전 멋있어."

"내가 뭐랬어."

돌리를 데려온 아란이 으스댔다. 자옥이 어쩔 수 없지만 인정한다며 엄지를 세웠다. 지호가 폴짝폴짝 뛰었다. 아지트가 기쁨으로 재잘대는 소리로 가득 찼다. 그런데 친구들의 진심어린 칭찬에도, 정작 돌리의 안색은 어두웠다. 무슨 일인지 모두가 궁금해하는데 돌리가 조심스레 말을 꺼냈다.

"나는 여자. 얼굴을, 드러낼 수 없어."

아란이 그제야 뭔가 깨달았다는 듯 손바닥으로 이마를 쳤다. 자옥과 지호는 무슨 말인지 몰라 서로 얼굴을 쳐다봤다. 아란이 자옥과 지호에게 돌리의 사정을 설명했다. 전통에 따라, 아니 아빠가 눈치채서는 안 되니 부르카를 입어야 한다고. 얼굴을 드러내고 공연한다면, 돌리의 아빠가 당장에 알아채고 그만두게 할지도 몰랐다. 산 넘어 산이었다. 아란이 말을 마치자 자옥이 바닥에 쪼그려 앉았고, 지호가 양갈래로 땋은 머리카락을 삐삐처럼 잡아당겼다. 한참이 흘렀다. 모두가 말없이 생각에 잠겼다.

한참을 앉아서 고민하던 자옥이 갑자기 튕기듯이 일어났다.

"그럼 이건 어때?"

"뭐가?"

"우리 모두가 부르카를 입고 공연하는 거야. 그걸 밴드의 콘셉트로 잡으면 어때?"

마릴린 맨슨(Marilyn Manson)이 스모키 화장에 가죽 바지를 입고, 퀸(Queen)의 보컬이 콧수염에 하얀색 바지를 입었던 것처럼. 이소라가 머리를 삭발하고, 세카이노 오와리(Sekai No Owari)의 DJ LOVE가 삐에로 분장을 하는 것처럼. 어쩔 수 없이 입어야 하는 부르카를 무대 의상의 개념으로 접근히는 게 우리 밴드의 정체성이나 컨셉이라고 생각하면 된다는 것이다. 돌리의 얼굴이 밝아졌다. 그거 좋은 생각이라며 아란이 찬성의 뜻을 나타냈고, 지호도 만족스러운 듯 고개를 끄덕였다. 생각해 보면, 아란도 공부는 안 하고 딴 짓이나 한다며 잔소리를 듣느니 부르카를 입는 게 더 편했다. 지호도 괜히 의사 선생님의 눈 밖에 나서 정신과 약이 늘어나는 것보다 나았다. 부르카를 입고 공연한다면 자신들이 누군지 아무도 모를 테고, 그럼 주위에 방해받지 않고 활동하기가 더 편할지도 몰랐다.

"그럼 밴드 이름은 부르카 유랑단, 어때?"

"그거 좋다."

아란의 제의에 모두가 동의했다. 저 먼 대륙을 자유롭게 유랑하는 집시들처럼, 부르카를 입은 소녀들의 세계와 환상을 넘나드는 음악적 유랑. 심오하고 있어 보인다며 자옥이 또다시 엄지 손가락을 추켜올렸고, 지호가 마음에 든다며 박수를 쳤다. 돌리도 조용히 미소지었다. 회색 먼지를 뒤집어쓴 아지트의 공기가 훈훈해졌다. 네명이 손바닥을 겹쳐 파이팅을 외쳤다. 밴드 결성이 끝났다. 이제 남은 건 연습과 실전, 그리고 우승이었다.

첫 합주가 시작되었다.

기타-아란

오늘의 급식실 메인 메뉴는 햄버그스테이크였다. 다진 소고기 패티 위에 우스터소스와 반숙된 계란프라이가 먹음직스럽게 올려져 있었다. 국은 파를 송송 올린 된장국에, 마늘장아찌와 오징어채, 갓김치, 디저트로 바나나도 곁들였다. 한껏 퍼 담은 은색 스테인리스 식판이 풍성했다.

"잘 먹겠습니다."

아란은 혼자 앉아 식사 인사를 하고 숟가락을 집었다. 따뜻한 밥을 한술 떠서 먹은 후, 경양식 칼을 집어 스테이크를 썰었다. 지우개처럼 두툼하게 잘린 고기를 한

입 베어 물었다. 진한 육즙이 배어났다. 천천히 씹으며 맛을 음미했다. 급식실 혼밥에서도 맛이 느껴지고 있었다. 아이들의 시선은 여전히 따가웠지만, 주특기인 아무렇지 않은 척 행동할 만큼의 내공이 쌓여 갔다. 반복된 훈련의 결과일까. 가시덤불에 얽힌 것 같았던 처음의 마음도 점차 편해지고 있었다.

"어머, 웬일이니."

세라 패거리 중 한 명인 다영이 시비를 걸었다. 혼자 먹는 아란의 모습이 안쓰럽다는 듯 혹은 부끄럽다는 듯, 안 그래도 비호감인 얼굴에 인상을 쓰고 있었다.

"소스도 뿌려 먹어."

난희가 케첩을 가져오더니 아란의 스테이크 위에 뿌렸다. 빨간색 소스가 찢어진 입술처럼 반원을 그렸다. 아이들이 그 광경을 지켜보고 있었다. 아란은 잠시 망설이다 케첩이 뿌려진 스테이크를 통째로 입에 넣었다. 진한 토마토 맛이 스테이크 맛을 덮었다. 속이 울렁거렸지만 아란은 아무렇지 않은 척 미소를 지었다. 입술에 묻은 빨간색 소스를 손으로 닦았다. 세라 패거리가 기가 막히다는 듯 헛웃음을 치며 지나갔다. 밥을 다 먹은 아란은 바나나 껍질을 깠다. 부드럽게 드러난 하얀색 속살을 입 속으로 집어넣었다. 아란은 만족한 표정으로 배를 두드렸다.

그토록 싫었던 체육 시간도 그럭저럭 견딜 만해졌다. 민머리 체육샘은 만사가 귀찮다는 표정으로 자율 운동을 지시했고, 아이들은 여전히 피구를 했지만, 아란은 더이상 넘어지거나 하지 않았다. 그렇다고 갑자기 피구왕이 되었다거나 하는 건 아니고, 그저 중간은 가게 되었다는 뜻이다. 아란은 마음을 비우고 운동에만 집중하기로 했다. 물리적이고 정신적인 건강을 함양한다는 긍정적인 의미에서 접근하기로. 운동화 앞코로 땅바닥을 콕콕 찍으며 생각하는데, 체육샘이 호루라기를 불었다. 아이들이 제자리를 찾아 흩어졌다. 본격적인 피구가 시작되었다. 아란도 공이 날아오는 방향을 피해 한참을 뛰어다녔다.

반대편에서 날아온 공을 피하려던 아란은 저도 모르게 두 손을 내밀었다. 땅에 한 번 떨어진 후 튀어오른 공이 아란의 품 안에 착지했다. 순식간의 일이었다. 주위가 순간 조용해졌다.

"던져."

같은 편인 반장 준영이었다. 위로 올라간 눈썹에 커다란 눈이 승부욕으로 불타고 있었다. 아란은 망설이다 공을 던졌다. 포물선을 그리며 날아간 공이 준영의 품에 가서 안기는가 싶더니, 얼마 못 가 땅에 떨어졌다. 거리 계산을 하지 않고 너무 세게 던졌나 보았다. 그럼 그렇지, 주근깨 난희의 비아냥에도 아란은 멋쩍게 웃었다. 그래도 중간은 갔다, 속으로 생각했다.

　수업이 끝난 후 아란은 학교 앞 레코드점에 들렀다. 부르카 유랑단의 새 곡을 위한 영감을 얻기 위해서였다. 작은 레코드점엔 빛바랜 CD와 LP판, 공연 포스터 등이 차분하게 정리되어 있었다. 아란은 기다리던 택배라도 받은 것처럼 신이 나서 레코드점 내부를 돌아다녔다. CD를 골라 플레이어에 넣고, 헤드폰을 썼다 벗었다 하며 마음에 드는 음악을 골라 들었다. 마이 케미컬 로맨스(My Chemical Romance)의 'Welcome to the Black Parade'를 들으며 고개를 끄덕거리기도 하고, 엠패틱(Emphatic)의 'Put Down The Drink'를 들으며 손가락으로 박자를 맞추기도 했다.

　취향대로라면 샤우팅으로 내지르는 음악을 하고 싶었다. 기타 줄로 칠판을 긁는 것처럼 과격한 음악이 좋았다. 음악으로 모든 억압과 구속을 깨부수자, 가 아란의 모토였다. 하지만 밴드의 가장 중요한 덕목인 화합과 평화를 위해, 아란은 자신의 선호를 일단 접고 다양한 장르의 음악을 들어보기로 했다. 보컬인 돌리의 목소리도 고려해야 했고, 대중성과 심사위원의 취향도 고려해야 했다. 부르카 유랑단만의 색깔을 만들기 위해서는 개인의 주장이나 편견에 얽매이지 않을 필요가 있었다. 무엇보다 상금에 눈이 먼 자옥의 잔소리를 각오해야 했다.

팝송 코너에서 톰 미쉬(Tom Misch)의 'Geography' 앨범을 뒤적이고 있는데. 뒤에서 소리가 들렸다.

"너도 톰 미쉬 좋아해?"

집 나간 강아지를 부르는 것처럼 다정하면서도 약간은 긴장된 목소리였다. 아란은 자기에게 하는 소린가 싶어 뒤를 돌아보았다. 교복을 입은 한 여자애가 서 있었다. 귀밑까지 오는 단발머리에, 동그란 안경이 얼굴의 반을 덮고 있었다. 하얀 피부에 짙은 눈썹은 네임펜으로 그은 것 같았고, 쑥스러운 듯 짓는 미소엔 한쪽만 깊게 팬 보조개가 선명했다. 공부는 열심히 하지만 성적은 그다지 잘 나올 것 같지 않은 인상. 같은 반 친구 선미였다. 친구, 라고 부르기엔 한 번도 말을 섞어 본 적이 없지만, 달리 부를 적당한 말이 없었다. 선미는 가방을 앞으로 메고 눈을 깜박거리고 있었다. 아란은 저도 모르게 고개를 끄덕였다. 가벼운 현기증이 일었다.

"Movie 노래 진짜 띵곡이지?"

아란에게서 CD를 건네 들며 선미가 말했다. 아란은 음악을 CD로 들었다. 그런 '갬성'이 좋았다. 레트로를 따라서도 아니다. 휴대폰으로 듣는 것보다 음악 자체만을 담을 수 있는 CD 플레이어가 좋았다. 그런 아란과 선미가 비슷한 취향이라니 가슴이 들떴다.

명곡을 띵곡이라고 바꿔 부르는 모습에 풋, 웃음이 났다. 같은 반이지만 둘은 한 번도 얘기를 나눠 본 적이 없었다. 중간 자리에서 있는 듯 없는 듯 조용한 선미와 다르게, 맨 뒷자리에 앉은 아란은 누구나가 아는 찐이었으니까. 그런 선미가 아란에게 말을 걸어주고 있었다. 뜻밖의 대화에, 가슴이 존 본햄(John Bonham)의 드럼 비트처럼 격렬하게 뛰었다. 선미가 CD 플레이어에 톰 미쉬의 앨범을 넣고 재생 버튼을 눌렀다. 구름을 만지는 것처럼 말랑한 음악이 귀를 간지럽혔다. 아란과 선미는 그 자리에서 선 채로 음악을 감상했다.

"집으로 가는 거야?"

음악 감상을 끝내고 선미가 물었다. 아란은 서둘러 고개를 끄덕였다. 아직 시간이 남아 있었지만, 아무래도 상관없었다. 처음으로 말을 걸어온 선미와 함께 조금이라도 같이 있고 싶었다. 아란은 선미와 함께 레코드점 밖으로 나왔다. 햇살이 빗줄기처럼 퍼졌다. 걷기에 좋은 날이었다. 횡단보도를 건너고 상가를 지나치고 보도블록을 밟고 쏟아지는 사람들을 피하며 걸었다. 길 끝에는 공원이 있었다. 지하철역으로 가는 지름길이었다. 둘은 공원을 가로질렀다. 먹이를 갉아먹던 다람쥐가 인기척을 느끼고 나무 밑으로 숨어들었다. 붉게 물든 단풍이 아기 손바닥처럼 반질반질했다.

"음악을 좋아하나 봐."

선미의 물음에, 아란은 또다시 고개를 끄덕였다. 언어를 잃어버린 원시의 부족처럼 말이 잘 나오지 않았다. 가라앉은 목소리로 겨우 한마디 꺼냈다.

"밴드를 하고 있어."

"정말? 대단하다. 어떤 파트?"

"……기타."

대답하는 아란의 어깨가 으쓱해졌다. 내색하지 않으려 해도 웃음이 새어 나왔다. 밴드를 하자고 제안했던 자옥에게 새삼 고마운 마음까지 들었다.

"다음에 공연 있으면 한번 초대해 줘."

선미가 흥미를 나타내며 말했다. 아란은 고개를 끄덕였다. 손가락으로 살짝 찔러 보고 싶을 정도로, 미소 짓고 있는 선미의 왼쪽 보조개가 깊었다. 선미에게서 왠지 모를 친밀감이 느껴졌다. 이대로 계속 걷는다면 마음 깊은 곳 모든 비밀을 터놓게 될 것만 같았다. 내친김에 아란은 청소년 밴드 경연대회 얘기까지 꺼내려다 그만두었다. 연습 한번 제대로 안 한 밴드의 민낯을 벌써부터 보여 줄 필요는 없었다.

몇 분 걷지도 않은 것 같은데 지하철역에 도착했다.

"그럼 갈게."

선미가 작별 인사를 했다. 아란이 고개를 끄덕였다. 에스컬레이터를 탄 선미가 아래로 사라지는가 싶더니, 급하게 다시 뛰어올라왔다.

"멋졌어, 혼자 급식실에서 밥 먹는 거. 난 용기가 없어서……."

선미가 고해 성사라도 하는 것처럼 부끄러워하며 말했다. 선미가 손을 흔들었다. 아란은 주저하다 손을 올렸다. 선미가 이번에는 계단으로 천천히 걸어내려갔다. 아란은 선미의 모습이 더이상 보이지 않을 때까지 손을 흔들었다. 아침이 되어 로미오를 보내는 줄리엣의 작별 인사처럼, 조금은 간지럽고 조금은 애틋하게.

"학교에서 보자."

선미가 사라진 자리에 서서, 아란은 혼자 작별 인사를 했다.

내일 학교에서도 말을 걸어줄까.

그런 거, 아무래도 상관없다고 생각하면서도 마음 한구석에 기대가 차올랐다. 너무 갑작스러운 행운은 이유 모를 비극을 수반하고 있을지도 모른다. 그래도 아란은 기뻤다. 온몸에 와이어라도 매단 것처럼 하늘로 가볍게 떠오를 것만 같았다. 아란은 양팔을 날개처럼 흔들었다. 지나던 사람 중 한 명이 아란을 보며 웃음을 터뜨렸다. 아무래도 괜찮았다. 아란은 그렇게 한참 동안을 지하철역 앞에 서 있었다.

노래-돌리

"잠시만요. 헬로우?"

하굣길, 부르카로 갈아입기 위해 비밀 장소로 가고 있는데 어떤 남자가 뒤에서 말을 걸었다. 돌리는 놀라서 그 자리에 섰다. 고개를 돌려 소리가 난 쪽을 쳐다봤다. 딱 봐도 고급진 청색 정장을 입고 은테 안경을 낀 30대 중반 정도의 남자가 돌리를 쫓아오고 있었다. 약간 벗겨진 엠(M)자 이마가 땀에 젖어 반들거렸다. 원칙대로라면 낯선 남자와 말을 나눠서는 안 되지만, 정장 차림으로 급하게 쫓아온 남자에 대한 호기심이 일었다. 돌리는 남자가 말을 꺼내기를 기다렸다. 남자가 코끝에 걸친 안경을 들어올렸다.

"어 그러니까……, 아임 어 매니저 오브……. 유 알 어……, 유 알 어……."

"저, 한국말 알아요."

돌리의 대답에 남자가 민망한 듯 헛기침을 했다. 남자가 옆구리에 낀 갈색 파우치 백에서 명함을 꺼내 건넸다.

"아저씨는 이상한 사람 아니고. 혹시 캐스팅 디렉터라고 아니?"

돌리가 고개를 끄덕이자, 남자가 안경을 올리며 말을 이어 나갔다.

"네 이미지가 좋아 보여서 말을 걸었어."

남자가 몇 가닥 없는 머리카락을 쓸어올렸다. 왼쪽 손목에 찬 남자의 메탈 시계가 햇빛을 받아 반짝거렸다. 돌리는 명함을 살펴봤다. 금색 바탕의 명함 중앙에 높은 음자리표 아이콘이 있고, 'HYH엔터테인먼트'라는 이름이 박혀 있었다.

"우리 기획사에서 현재 다양한 국적과 인종이 모인 글로벌 아이돌 그룹을 기획하고 있거든. 너처럼 예쁘고 재능 있는 아이를 찾는 중이야. 어때, 관심 있어?"

이게 말로만 듣던 길거리 캐스팅이란 건가. 이런 방

식을 통해 연예인이 된 사람들이 종종 있다고 들었지만 실제로 자신이 겪게 될 줄은 몰랐다. 지금 일어나고 있는 일이 실제 현실인지 꿈인지 혼란스러웠다. 돌리는 대답을 하지 못했다. 심장이 제멋대로 뛰었다.

"바로 답해 주지 않아도 돼. 너도 생각할 시간이 필요할 테니까."

돌리의 어지러운 마음을 읽었는지 남자가 말했다. 돌리는 남자를 바라봤다. 팔짱을 끼고 미소를 짓고 있는 모습에서 왠지 모를 여유가 느껴졌다.

"난 임 실장이라고 해. 생각 있으면 이 번호로 연락해 줘."

남자가 명함에 적힌 회사 전화번호를 가리켰다. 돌리는 손 안에 들어온 명함을 꼭 쥐었다. 뜻밖에 찾아온 행운을 손 안에 봉인하려는 듯이. 용건을 마친 남자가 인사를 하고 길 끝으로 사라졌다. 돌리는 한동안 그 자리에 서 있었다. 방금 자신에게 벌어진 일이 믿겨지지 않았다. 두 뺨을 양손에 대 봤다. 손바닥의 온기가 느껴졌다. 얼굴이 달아올랐다. 꿈이 아니다. 주체할 수 없는 기쁨이 그제야 흘러넘쳤다. 돌리는 서 있는 자리에서 폴짝폴짝 뛰었다. 어깨까지 풀어헤친 머리카락이 하늘까지 닿을 것 같았다.

부르카로 갈아입고, 집으로 가기 위해 지하철을 타서도 들뜬 마음은 가라앉지 않았다. 돌리는 지하철 구석자리에 서서 아까의 일을 되새겼다. 절로 웃음이 났다. 입술을 깨물고 웃음을 참으려 노력하는데, 여느 때와 같이 자신을 둘러싼 시선들이 느껴졌다. 새로울 것은 없었다. 부르카를 입고 나갈 때마다 마주치는 일상이었으니까. 어제까지는 그런 시선들이 싫고 부끄러웠지만, 오늘은 아무래도 괜찮았다. 예비 스타를 바라보는 시선이라고 상상하기로 했다. 재킷 안주머니에 넣어 둔 명함이 든든했다. 아이돌이 된 자신을 떠올리자 이 공간 안의 모든 시선들도, 모르는 사람들의 수군거림도 참을 수 있을 것 같았다.

몇 정거장이나 지났을까, 환승역 지점에서 새로 승객들이 내리고 탔다. 그 중엔 백발이 성성한 할아버지 한 명도 있었다. 한 손으로 짚은 나무 지팡이가 무척 단단해 보였다. 돌리는 몸을 돌려 길을 비켜줬다. 부르카 옷자락이 지팡이에 스치듯이 닿았다. 노약자석으로 향하던 할아버지가 고개를 돌려 자신을 위아래로 훑어봤다.

"이건 뭐야?"

지하철 내의 수군거림이 순간 멎었다. 힐끔거리던

사람들이 대놓고 돌리 쪽을 쳐다봤다. 헤비급 비 매치라도 지켜보는 것처럼 흥미진진한 눈빛들이었다. 돌리는 긴장했다. 대번에 자신을 향한 말이라는 걸 알아차렸지만, 모르는 척 핸드폰을 들여다봤다. 집까지 몇 정거장 남지 않은 상황에서 괜히 문제를 일으키고 싶지 않았다. 돌리는 주머니에 고이 간직한 명함을 생각했다. 미래의 아이돌, 조금만 참자. 돌리가 대꾸 없이 조용히 있자, 할아버지가 또 한 번 시비를 걸었다.

"시커먼 보자기를 뒤집어쓰고."

돌리는 얼굴이 화끈 달아올랐다. 아무 소리도 들리지 않는 척, 고개를 들어 지하철 노선도를 쳐다봤다. 창피해서 눈물이 날 것 같았다. 돌리는 대신 주먹을 꽉 쥐었다. 예비 스타는 이런 일에 울지 않는다. 동시에 슬슬 화가 끓어올랐다. 사람들에게 피해 준 것도 없는데, 왜 자신을 가만 내버려두지 않는지. 한 번만 더 시비를 걸면 돌리도 가만 있지 않을 생각이었다. 다짐은 그렇게 하면서도 실제로는 아무 일도 일어나지 않기를 바랐다. 가슴이 콩닥콩닥 뛰었다. 심호흡을 하며 이 순간을 견디고 있는데, 할아버지가 마지막 한방을 날렸다.

"너네 나라로 돌아가라."

그러더니 본래 대한한국은 단일 민족이었다, 로 시작되는 일장 연설이 이어졌다. 오랑캐가 어쩌고저쩌고, 요즘 세상이 어쩌고저쩌고……. 지하철역을 두 정거장이나 지나쳐서도 노인의 잔소리는 끝날 줄을 몰랐다.

에라, 모르겠다. 돌리는 부르카 밖으로 손가락을 내밀었다. 가운뎃손가락을 길게 편 채로 나머지 손가락을 접었다. 이 순간만큼은 마돈나와 함께 공연하다 관객들에게 빅엿을 날렸던 M.I.A가 되기로 했다. 돌리는 손가락을 할아버지에게 내밀었다. 유독 긴 가운뎃손가락이 까닥거렸다. 혼잣말을 하고 있던 할아버지의 눈이 커졌다.

지하철 문이 열렸다. 돌리는 잽싸게 밖으로 뛰어나갔다. 집까지 달리고 또 달렸다. 지금껏 여러 짓궂은 놀림을 당해 왔지만, 이런 식으로 대응한 건 처음이었다. 이것도 아까 길거리 캐스팅을 받은 영향일까. 어디서 그런 용기가 났을까 싶으면서도, 한편으로는 통쾌했다. 비행기처럼 붕 뜬 마음이 내려올 줄을 몰랐다. 달리는 동안 웃음이 멈추지 않았다.

돌리는 침대에 엎드려 핸드폰으로 HYH엔터테인먼트를 검색했다. 주나리, 신보미 등 여러 핫한 연예인을 배출한 기획사였다. 관련된 여러 개의 블로그와 카페글도 있었다. 홈페이지에 들어가 정보들을 열람했다. 소속 연예인의 프로필과 사진, 활동 스케줄 등이 정리되어 있었다. 기분 좋은 예감이 들었다. 포털 사이트에 자신의 이름과 얼굴이 추가되는 것, 상상만 해도 신나는 일이었다. 돌리는 침대에서 이리저리 뒹굴며 공상에 잠겼다.

내친김에 노래 연습을 하기로 했다. 코 앞에 닥친 밴드 합주도 그렇고 혹시 있을지 모를 엔터테인먼트사의 오디션을 대비하고 싶기도 했다. 핸드폰에 블루투스 스피커를 연결하고 거울 앞에 섰다. 손으로 V자를 만들어 포즈를 취했다. 오늘따라 유난히 예뻐 보였다. 스피커에서 흘러나오는 노래를 따라 부르며 춤을 췄다. 온몸이 땀으로 흠뻑 젖었다. 숨이 차올라 에너지가 바닥났지만 마음은 상쾌했다. 당장이라도 성공이라는 글자가 눈앞에 잡힐 것 같았다. 인스타에 짧은 동영상을 찍어 올리고 #연습중, #라이브, #내일의나 등의 태그를 달았다.

노래를 끝내고 잠시 숨을 고르고 있는데, 현관문이 열리는 소리가 들렸다. 아빠가 퇴근한 모양이었다. 돌리는 황급히 부르카를 뒤집어썼다. 허둥지둥하며 거실로 나갔다. 격렬한 안무 후에 부르카를 써서 그런지 숨쉬기가 힘들었다.

"오셨어요?"

"응, 그래."

어색하게 인사를 했다. 다행히 아빠는 바로 방으로 들어갔다. 돌리는 코를 킁킁거렸다. 몸에서 시큼한 땀냄새가 났다.

쿠르타로 갈아입은 아빠와 단둘이 식탁에 앉았다. 가정부 아줌마가 차려 놓은 음식을 먹기 시작했다. 아빠가 말을 건넸다.

"학교는 어떠냐?"

"좋아요."

그리고 침묵. 돌리는 최대한 고개를 밥그릇에 떨어뜨리고 밥을 먹었다. 밥이 목구멍에 걸려 잘 넘어가지 않았다. 손을 뻗어 시금치 카레를 뜨는데 쨍, 하고 숟가락이 맞부딪쳤다. 엉겁결에 고개를 들다 아빠와 눈이 마주쳤다. 그 덕에 돌리도 겨우 한 마디를 꺼냈다.

"아빠는요?"

"나도."

또다시 침묵. 째깍거리는 시계 소리만 퍼져나갔다. 숨소리조차 크게 들리는 것 같았다. 그때 띠링, 하는 문자 메시지 소리가 저막을 깨뜨렸다. 아빠가 핸드폰을 들여다보더니 인상을 찡그렸다. 밥을 먹다 말고 식탁 위에 노트북을 꺼냈다. 급한 일이 생긴 모양이었다. 앞에 돌리가 있다는 것도 잊은 듯, 아빠는 그대로 업무모드로 전환되었다.

일할 때는 저렇게 멀쩡한데 말이야.

부르카를 강요하고 예법을 강조하는 구시대적인 아빠가 식탁에서 노트북으로 업무 처리를 하는 모습은 어쩐지 모순적이이었다. 밥을 다 먹은 돌리는 식탁을 떠나려다 말고 앉아서 아빠를 관찰했다. 이렇게 가까이서 아빠의 얼굴을 보는 것은 오랜만이었다. 갈색 피부에 짙은 눈썹, 비교적 높은 코에 든든한 턱, 쌍꺼풀진 커다란 눈. 귀밑까지 내려온 머리카락이 군데군데 하얗게 세었고, 이마에 그어진 한 줄 주름이 깊어 보였다. 저 주름 속에 얼마나 많은 상실감과 상처가 고여 있는 건지, 돌리는 가늠할 수 없었다. 아빠는 아직도 믿고 있는 걸까. 이 얇은 부르카를 두르기만 하면 모든 게 괜찮아질 거라고, 헛된 길을 꿈꾸지 않을 거라고, 엄마에 대한 그리움을 차단할 수 있을 거라고. 둘러쓴 부르카가 무겁게 느껴졌다. 누가 누구를 걱정하는 건지. 돌리는 가볍게 고개를 젓고 식탁에서 조용히 일어섰다.

방으로 들어와, 아까 멈췄던 연습을 다시 하기로 했다. 이어폰을 꽂고 노래를 따라 부르며 춤을 췄다. 큰소리로 따라 부르면 아빠가 들어올 것 같아 입만 벙긋거렸다. 그래도 괜찮았다. 언젠가는 슈퍼스타가 되어 있을 테니까. 그렇게 되면 아빠도 돌리를 이해해 줄지 모른다. 땀방울이 늘어나는 만큼 만족감도 늘어났다. 돌리는 임 실장이라는 사람이 주었던 명함을 꼭 쥐었다.

두 번째 합주

안 그래도 칙칙했던 아지트가 한층 더 어두웠다. 아란과 자옥, 지호는 돌리가 집에서 가져온 부르카를 막 입은 참이었다. 네 개의 검정 실루엣이 형광등 불빛 아래에서 제각기 움직였다.

"이거 되게 편하다."

아란이 허리에 양팔을 대고 한 바퀴 돌았다. 검은색의 부르카가 환풍구 바람을 맞은 드레스처럼 풍성하게 펼쳐졌다.

"가오나시 같기도 하고."

"아니야. 저승사자야."

아란이 일본 애니메이션 캐릭터인 가오나시 같다고 하자, 자옥이 정정했다. 자옥이 양손을 들어올려 머리에 뿔 모양을 만들었다. 귀신 같다며 나머지 세 명이 웃음을 터뜨렸다. 한참을 웃고 떠들다 겨우 자리를 잡고 앉았다. 지호가 물었다.

"그런데 어떻게 캐릭터를 구분하지? 전부 똑같은 모습이잖아."

"그래서 챙겨온 게 있지."

자옥이 아르바이트하는 가게에서 가져왔다며 에코백에서 뭔가를 꺼냈다. 각각 모양이 다른 머리띠 네 개였다. 모두의 관심이 쏠렸다. 눈치를 보던 아란이 잽싸게 머리띠 한 개를 집었다.

"말랑 고양이네? 이건 내 거야. 찜!"

아란이 머리띠를 썼다. 핑크색의 고양이 귀 모양이 앙증맞게 돋아 보였다. 자옥이 그럴 줄 알았다며 고개를 절레절레 저었다. 남은 세 명은 가위바위보를 한 후 이긴 사람부터 머리띠를 고르기로 했다. 첫판에는 돌리가 이겼다. 돌리는 잠시 고민하다 리본 모양의 보라색 머리띠를 골랐다. 큐빅으로 포인트를 준 커다란 리본이 돌리의 머리에 안착했다.

"너 약간 공주과구나?"

자옥의 놀림에 아니라며 돌리가 손을 저었다. 그 모습이 너무 진지해 또 웃음이 터졌다. 두 번째 판은 지호 승이었다. 지호가 나비 무늬가 새겨진 연두색 머리띠를 고르자, 마지막 남은 해바라기 모양 머리띠는 자옥의 차지가 되었다. 자옥이 서로가 고른 머리띠에 의미를 부여했다.

"넌 틈만 나면 하늘에서 뛰어내릴 생각을 하니까 나비, 난 따뜻한 남쪽 나라를 생각하며 해바라기로."

네 명은 각자 머리띠를 써 보기도 하고 모양을 살펴보기도 하며 한참 수다를 떨었다.

"그런데 노래 주제는 뭘로 할까?"

여기 모인 목적을 상기시키려는 듯, 지호가 물음을 던졌다. 웃고 떠들던 분위기가 나름 진지해졌다. 각자 일주일간 생각해 온 콘셉트들을 말하기 시작했다. 아란이 먼저 키워드를 던졌다.

"희망?"

"너무 진부하지 않아?"

자옥이 손으로 X자를 그려 보였다. 그럼 넌 뭐 생각한 거 있냐며 아란이 뾰로통하게 물었다. 반격을 받은 자옥이 머리를 긁으며 말했다.

"꿈 어때?"

"꿈이나 희망이나."

"그럼, 사랑?"

"남친도 없는데 웬 사랑이냐?"

외나무다리에서 만난 앙숙처럼 아란과 자옥이 티격태격했다. 돌리가 중간에서 말리느라 진땀을 뺐다. 돌리와 지호도 자신의 의견을 내놓았다. 새로 만들 노래의 주제를 가지고 열띤 토론이 벌어졌다. 성장, 행복, 효도, 믿음, 소망 같은 천차만별의 키워드들이 밀물처럼 밀려왔다가 사라졌다. 키워드가 추상적이어서 그런지, 이걸 어떻게 음악으로 발전시켜야 할지 감이 잘 잡히지 않았다.

"이건 뭐, 아리스토텔레스도 아니고."

"이럴 줄 알았으면 공부 좀 열심히 할 걸."

"뜬구름 잡는 것 같아."

열띤 토론을 마치고 소파에 누워 있는데, 잠시 쉬는 틈을 타고 지호가 말했다.

"그럼 혹시, 이건 어때?"

세 명이 동시에 지호를 쳐다봤다. 지호가 살짝 얼굴을 붉히며 덧붙였다.

"그냥 가볍게."

"예를 들면?"

"지금 이 밴드 활동이 하나의 여행이라고 생각하는 거야."

우리가 선지자도 아니고 철학자도 아닌데, 무거운 주제보다는 구체적으로 잡을 수 있는 키워드를 설정하는 게 좋을 것 같다고. 세 명이 관심을 보이자 지호가 설명을 더했다. 지루했던 일상을 벗어나 새롭게 여행을 떠나는 것처럼, 밴드 활동이 우리 생활에 또 하나의 활력소가 되면 좋을 것 같다고 했다.

"음악을 통해 여행을 떠나자."

지호의 의견에 돌리가 턱을 괴고 생각에 잠겼고, 아란과 자옥도 긍정적인 표정이 되었다.

"그거 좋다."

아란이 소리 높여 찬성을 표시하자, 자옥도 마음에 든다는 듯 고개를 끄덕였다. 지호가 가방에서 아이패드를 꺼냈다. 아무것도 그려지지 않은 흰 바탕의 모니터 위에 커서가 깜박거렸다.

"그럼 노래를 만들어 보자."

아란과 돌리, 자옥이 지호의 주위로 모여들었다.

"일단, 여행을 떠나자는 말이 반복돼서 들어가면 좋을 것 같아. 1절, 2절처럼 도입부에."

지호의 제안을 시작으로, 각자 돌아가며 한 구절씩 아이디어를 냈다.

"난 바다에 가고 싶어."

"이왕이면 비행기를 타고 가는 걸로 하자."

"후렴구는 어때?"

"라임을 맞추는 게 중요하지 않을까? 고려가요처럼……."

"푸핫. 고려가요는 너무 나간 거 아니야?"

네 명이 머리를 맞대자, 하얗기만 하던 아이패드의 바탕이 까만 글자들로 채워지기 시작했다. 러프하게 만들어진 가사를 지호가 다듬었다. 아란이 기타를 잡았다.

"콘셉트와 분위기는 어떻게 갈까?"

"멜로디는 노래 가사를 따라가는 게 어떨까? 펑키 (funky)하게."

"괜찮은데? 즐겁게 노래하는 분위기로 가자."

아란을 제외한 세 명의 의견이 일치했다. 아란이 아쉽다는 듯 손으로 'Peace'를 그렸다. 센 음악이 아니더라도 부르카만으로 충분히 강렬한 이미지를 줄 수 있다며 지호가 아란을 다독였다. 자옥이 베이스로 중심을 잡고, 아란이 기타로 코드를 만들었다. 어느 정도 윤곽이 나오자 이번엔 주요 멜로디 라인을 두고 아란과 자옥의 의견이 엇갈렸다. 클라이맥스만이라도 선명하게 가져가려는 아란과, 좀 더 대중적이고 편한 멜로디를 선호하는 자옥이 한치의 양보도 없이 대립했다. 3분 남짓한 음악을 만드는데 시간이 훌쩍 지나갔다. 돌리와 지호가 개입하고서야 끝날 것 같지 않던 대치 상태가 누그러졌다.

"적당히 섞어서 가자."

지호의 중재안에 아무도 토를 달지 않았다. 이도저도 아닌 짬뽕 음악이 될지도 모른다는 우려가 있었지만, 선택의 여지가 없었다. 음악 때문에 우정에 금이 갈 수는 없었으니까. 이런저런 의견을 추가하며 악보를 완성하고, 1차로 연주를 해 보기로 했다. 베이스 위에 기타, 기타 위에 키보드를 얹자 훨씬 음악이 풍성해졌다. 돌리가 핸드폰으로 연주를 녹음했다.

여행을 떠나자 어디든 좋으니
가방을 벗어던지고 운동화 끈을 졸라매고
잔소리도 좋아 밀린 숙제도 괜찮아

비행기 티켓을 흔들며 여기의 나는 바이 바이(Bye Bye)

눈부신 하늘 따뜻한 바람, 바다 위로 부서지는 햇살
밤이 되어도 지지 않는 해, 귓가에 계속 맴도는 음악
나쁜 일은 잊어버려, 내일은 다시 새로워질 거야

여행을 떠나자 언제든 좋으니
핸드폰 잠시 꺼 두고 카메라는 옆에 챙겨
학원 공부는 그만 꼴찌가 된대도 상관없어
기차를 타고 떠나며 내일의 나로 하이 하이(Hi Hi)

해먹에서 즐기는 낮잠, 황금빛으로 물드는 노을
별을 보며 부르는 콧노래, 모래성처럼 쌓는 추억
돌아가지 않아도 돼 아무도 찾지 않을 테니까

"손발이 오그라든다, 야."
"그래도 우리가 만들었다는 데에 의의가 있는 거야."
연주가 끝났다. 아란이 괜히 민망해하자, 자옥이 의
미를 부여하며 아란의 어깨를 두드렸다. 돌리가 전체 리
듬에 가사를 입혀 노래를 불렀다. 평범했던 선율이 돌리

의 목소리를 만나자 특별하게 변했다. 상쾌하고 맑은 목소리가 진짜 여행을 떠나온 것처럼 모두를 들뜨게 했고, 탄산음료라도 마신 것처럼 짜릿한 청량감을 주었다. 아란이 대박이라며 엄지손가락을 치켜올렸고, 자옥도 박수를 치며 기뻐했다.

"그나저나 연습은 언제 하지?"

지호가 주의를 환기시키자 모두가 시계를 쳐다봤다. 한 것도 없는 것 같은데 벌써 시간이 지나 있었다. 그제야 생각났다는 듯 자옥이 짐을 주섬주섬 챙기기 시작했다.

"미안, 나 알바 가야 돼."

"야, 신자옥!"

아란이 어이없다는 듯 자옥의 이름을 외쳤다. 돌리와 지호도 자옥을 쳐다봤다. 자옥이 양손을 들어올려 벌서는 자세를 취했다.

"미안, 이번 한번만."

자옥이 다음을 기약했다. 문을 열고 서둘러 바깥으로 올라가려는데, 미처 벗지 못한 부르카 자락에 운동화가 밟혔다. 넘어질 뻔한 자옥을 보며 아란이 쐐기를 박았다.

"야, 부르카는 벗어놓고 가!"

자옥이 머리를 긁으며 돌아섰다. 또 한번 웃음이 터

졌다. 부르카를 입은 네 명의 어깨가 날갯짓하는 박쥐들
처럼 들썩거렸다.

베이스-자옥

✹

아르바이트 시간에 늦고 말았다. 덕분에 사장의 잔소리를 실컷 들어야 했다. 저녁은 매장 뒤편에서 식은 햄버거로 때웠다. 노래 만드느라 에너지를 다 써서 그런지, 내내 머리가 멍했다. 머리띠와 스카프 판매대 중간에 서서 눈을 뜬 채로 꾸벅꾸벅 졸았다. 눈꺼풀이 계속 감겼다. 천장에 달린 형광등 불빛이 피곤에 절은 얼굴을 창백하게 비췄다. 계산을 두 번이나 틀렸고, 손님의 요청사항에 제대로 응대를 못하고 말을 버벅거렸다. 사장이 CCTV를 통해 도끼눈을 뜨고 쳐다보고 있다고 생각하자, 사뭇 뒤통수가 간지러웠다.

아르바이트를 마친 자옥은 집에 가는 길에 시장에 들렀다. 다음 날 먹을 아침거리를 사야 했다. 된장찌개에 쓸 애호박과 감자, 양파를 사고 밑반찬으로 만들 콩나물과 두부를 샀다. 운이 좋았다. 콩나물은 오백 원이나 깎았고, 두부는 유통기한이 임박한 한 모를 더 얹어 받았다. 성공적인 흥정 결과에 피곤이 가시는 것 같았다. 살 것은 더이상 없었지만 집으로 바로 가긴 아쉬워, 자옥은 시장 곳곳을 구경했다. 특히 시장 한가운데 위치한 '무엇이나 파는가게'는 이름처럼 많은 물건들이 진열되어 있어, 구경만 해도 시간이 훌쩍 갔다.

가게에 들어선 자옥의 눈길이 머문 곳은 기념품 코너였다. 진열대에 놓여진 아기자기하면서도 독특한 아이템들이 자옥을 유혹하고 있었다. 가격도 예상외로 저렴했다. 쓸데없는 일에 돈을 쓰지 말자, 가 신조였지만 아까의 흥정 결과에 기분이 좋아진 자옥은 기념품을 한 개 사기로 했다. 온통 초록색으로 뒤덮인 양배추 인형, 클래식 음악이 흘러나오는 오르골, 가느다란 막대가 빼빼로처럼 꽂힌 디퓨저를 지나, 자옥은 충동적으로 한손 크기의 스노우볼을 집었다.

엄마가 생각나서였다.

스노우볼을 이루는 구 안엔, 가로등 아래 빨간색 목도리를 두른 눈사람이 웃고 있었다. 이른 크리스마스가 온 것 같았다. 볼을 흔들자 하얀 가루들이 눈처럼 흩날렸다. 사계절 내내 따뜻한 나라에 사는 엄마는 눈을 보지 못할 것이다. 엄마를 만나게 된다면 전해 주고 싶었다. 아무리 애써도 감춰지지 않을 반가움과 그리움을 담아서. 그리고 엄마와 함께 따뜻한 겨울을 날 것이다. 자옥은 계산을 하고 스노우볼을 에코백에 넣었다.

집으로 걸어오는데, 근처 2차선 도로에서 리어카를 끌고 있는 할머니가 보였다.

"할머니!"

자옥은 큰소리로 외치고 할머니에게 달려갔다. 할머니가 허리를 펴며 웃었다. 얼굴에 잡힌 주름이 세탁기 속 뒤엉킨 빨래처럼 구겨졌다. 리어카에 손을 대고 뒤에서 조심스레 밀었다. 리어카는 꽤 무게가 나갔다.

"요즘 뭐하고 다니길래 코빼기도 안 비치는 게냐?"

앞에서 리어카를 끌던 할머니가 물었다. 타박하는 목소리에 애정이 묻어났다.

"그냥⋯⋯."

자옥이 대답을 얼버무렸다. 할머니가 수상하다는 듯

자옥을 돌아봤다. 자옥은 딴 데를 바라보며 리어카를 미는 손끝에 힘을 주었다. 힘을 받은 바퀴가 원만하게 과속 방지 턱을 넘어갔다.

집에 도착한 자옥은 신발을 벗자마자 방으로 직행했다. 침대 밑에 숨겨 둔 종이 상자를 꺼냈다. 상자 속에는 아르바이트비와 조금씩 따로 모아 놓은 돈, 엄마의 편지가 들어 있었다. 아까 산 스노우볼을 집어넣었다. 스노우볼의 부피 때문인지 상자의 뚜껑 부분이 꽉 닫히지 않고 느슨해졌다. 상자를 다시 침대 밑으로 깊숙이 밀어넣었다. 비밀을 담은 상자가 어둠 속으로 슬며시 몸을 숨기듯 들어갔다.

방바닥에 엎드려 자옥은 핸드폰으로 포털 사이트에 접속했다. 여행 관련 키워드를 입력하자 여행지Best10, 땡처리여행상품, 항공권예약 같은 결과들이 떴다. 자옥은 그중에서 베트남 여행에 관련된 글만 골라 봤다. 뜨겁게 쏟아지는 햇살 아래 V자를 그린 파워 블로거의 사진이 한없이 부러웠다. 블로그 하단에 뜬 항공권 검색 링크를 클릭했다. 출발도시 서울, 도착 도시를 하노이로 설정하고 편도 티켓을 검색했다. 귀국일은 미정. 결과리스트에 항공편 여러 개가 떴다. 예약하기 버튼 위에 손가락이 한동안 머물렀다. 언젠가는 이 버튼을 누르게 될 것이다. 자옥은 다가올 미래를 기약하며 부르카 유랑단의 노래를 흥얼거렸다.

순간 불빛이 번쩍, 하더니 사방이 어둠에 잠겼다. 자옥은 일어나 주위를 살폈다. 집뿐만 아니라 온동네가 깜깜했다. 정전이 된 모양이었다. 핸드폰 불빛에 의지해 더듬더듬 밖으로 나왔다. 대문 쪽을 바라보며 마루에 앉았다. 안방에 있던 할머니도 손으로 벽을 짚으며 나타났다. 할머니가 자옥의 옆에 끙, 소리를 내며 앉았다. 군데군데 금이 간 시멘트로 포장된 마당에 달빛이 은은하게 내려앉았다.

"초 없냐."

"할머니는. 요즘 세상에 집에 초가 어딨어."

자옥이 초 대신 핸드폰 불빛으로 주위를 비췄다.

"눈 아프다. 치워라."

할머니가 또 한번 끙, 소리를 내더니 슬리퍼를 꿰어 신고 마당을 가로질렀다. 대문 옆에 세워 둔 리어카에서 폐지를 한 움큼 집어 마당 한가운데 차곡차곡 쌓았다. 할머니가 기어이 어딘가에서 초를 가지고 왔다. 신문지를 말아 초로 불을 붙이자, 새빨간 불꽃이 금세 타올랐다.

"할머니, 저거 다 돈이잖아."

"괜찮다, 얼마 되지도 않는 거."

자옥의 호들갑에 할머니가 대답했다. 평소 한 푼도 아쉬워하던 할머니의 행동이 의외로 느껴졌다. 캄캄한 밤, 마당 위에 내리쬐는 달빛 때문일까. 자옥은 두 손을 뻗어 불을 쬐었다. 따뜻했다.

"학교 생활은 어떠냐."

"그저 그렇지 뭐."

"돈은 안 부족하고?"

"걱정 마요. 나 쓸 거 있으니까."

할머니의 물음에 자옥은 일부러 더 씩씩하게 대답했다. 한 뼘 정도의 사이를 두고 할머니가 옆으로 와서 앉았다. 둘은 밤의 아지랑이처럼 타오르는 불길을 쳐다봤다.

"할머니는 어때? 다리 아픈 건 괜찮아?"

"괜찮다. 나이가 들어서 그렇지 뭐."

불꽃이 계속 타들어갔다. 멀리서 개 짖는 소리가 들렸다. 자옥은 고개를 들어 하늘을 바라봤다. 별들이 주근깨처럼 희미하게 박혀 있었다. 비행기를 타고 가면 언젠가 저기에 도달할 수 있을까. 새삼 엄마와의 거리가 실감이 났다. 거리는 멀어도, 바라보는 하늘은 같을지도 모른다. 저번 사건 이후로, 엄마에 관한 얘기는 일부러 피해오고 있었다. 자옥은 작심하고 말을 꺼냈다.

"할머니, 왜 엄마 편지 숨겼어?"

자옥은 할머니를 쳐다봤다. 주름진 얼굴에선 표정을 읽을 수 없었다. 오랜 침묵이 흘렀다. 조용한 사방에 개 짖는 소리만 간간이 들려왔다. 괜히 물어봤나 싶어 시선을 거두려는데, 할머니가 불쑥 대답했다.

"그것이 널 데려갈까 봐 그랬지."

타오르는 불빛에 할머니의 얼굴이 붉게 물들어 있었다.

"할머니는 너 없이는 못 산다."

마치 밥을 먹으라거나 이제 그만 자라고 할 때처럼 담담한 말투였다. 할머니가 고개를 돌려 자옥을 바라봤다. 부스러진 낙엽처럼 주름진 얼굴에, 별보다 깊은 눈이 담겨 있었다. 주책없이 눈물이 나려고 했다. 자옥은 눈물을 숨기려고 할머니를 안았다. 웅크린 애벌레처럼 굽은 등이 딱딱하게 만져졌다.

미안해, 할머니. 하지만 나도 떠나고 싶어.

번쩍, 하더니 불이 다시 들어왔다. 개 짖는 소리가 더 이상 들리지 않았다. 세상은 아무 일도 없었다는 듯 반짝이는 소리를 내며 예전으로 돌아갔다.

세 번째 합주

부르카에 머리띠까지 착용하니 나름 멋이 있어 보였다. 연습도 실전처럼 하자는 아란의 제안에 모두는 부르카를 무대 의상처럼 입고 연습을 하는 참이었다. 둥둥둥둥, 심장을 두드리는 베이스 비트에 기타를 입히고, 키보드로 멜로디 라인을 잡았다. 돌리의 목소리까지 얹혀지자 천상의 하모니가 펼쳐졌다, 로 끝이 나면 좋았겠지만 연습은 시작부터 삐걱거렸다. 베이스는 엿가락처럼 한없이 축축 늘어졌고, 기타는 열병을 앓는 돼지처럼 꽥꽥거렸다. 키보드는 진창에 미끄러지듯 틀린 음을 토해냈으며, 돌리의 목소리는 늘어났다 줄어들었다 하는 박자에

감을 잃고 헤맸다.

"이러다가 민원 들어오겠어!"

아란의 타임아웃 요청에 다행히 연습은 중단되었다.

"손가락이 너무 아프다."

졸업하고 오랫동안 연습을 하지 않아서 그런지, 굳은살이 아직 생기지 않은 아란의 손가락은 금세라도 피를 내보일 것 같았다. 아란의 타임 요청에 자옥이 베이스 기타를 벗었고, 지호도 키보드에서 손가락을 뗐다. 돌리가 무대 중앙에 무릎을 펴고 앉았다.

"어디 좀 봐."

자옥이 아란의 손을 잡고 들여다봤다. 손가락이 빨갛게 부풀어올라 있었다. 자옥이 밴드를 꺼내 아란의 손가락에 붙여줬다. 퉁퉁 부은 손가락이 베이컨으로 감싼 소시지 같았다. 몸에 무리가 오기는 자옥과 지호도 마찬가지였다. 자옥과 지호가 아픈 손목을 빙빙 돌렸고, 돌리도 목이 타는지 연신 물을 들이켰다. 넷은 앉아서 잠시 쉬기로 했다. 무대 중앙에 앉은 돌리를 중심으로, 셋이 원을 그리며 둘러앉았다.

"연습만 하니까 지친다."

아란이 양반다리를 하고 앉아 말했다. 나머지 세 명

128

도 고개를 끄덕였다.

"근데 이거, 남들도 볼 수는 없을까?"

심심하잖아, 자옥이 덧붙였다. 자옥의 의문에, 아란이 생각났다는 듯 제안했다.

"유튜브에 올리는 건 어때?"

"좋긴 한데……."

자옥이 말꼬리를 흐렸다.

"콘텐츠 될 만한 게 없잖아."

"그냥 연습 영상 올리는 건 별로인가?"

"조회수가 높지 않을 걸."

옥신각신하고 있는데, 조용히 있던 돌리가 말했다.

"뮤직비디오 찍는 건 어떨까?"

모두의 시선이 돌리에게 향했다. 돌리의 제안을 들은 세 명의 얼굴이 밝아졌다.

"그거 좋은 생각이다."

당장에 회의가 시작되었다. 뮤직비디오 콘셉트와 내용에 대해 중구난방 토론이 벌어졌다. 여행, 하면 바다라는 의견과 산이나 계곡이라는 의견, 국내여행이 좋다에서 유럽이 낫다는 의견, 심지어는 우주와 심해까지 개념이 확장되었다. 결국 16부작 드라마처럼 뮤직비디오를 시리즈로 찍기로 하고서야 회의는 끝이 났다.

부르카 유랑단이 정한 뮤직비디오의 첫 번째 주제는 '알 수 없는 우주'였다. 며칠 전 정전 때 올려다봤던 달에서 영감을 받았다며, 자옥이 강력하게 의견을 밀어붙였다. 주제를 표현하기가 쉽지 않다는 우려에도 불구하고 일단은 시도해 보기로 했다. 저마다 우주에 대한 심상을 덧붙이고, 지호가 아이디어를 취합해 뮤직비디오의 시놉시스를 짰다. SF적 분위기를 살리기 위해 영화 '인터스텔라'의 OST도 배경음악으로 틀어놨다. 지호가 아이패드에 기록된 시놉시스를 소리내어 읽었다. 나머지 세 명이 앉은 채로 귀를 기울였다.

3333년, 부르카 유랑단이 바퀴 달린 행성 대관람차를 타고 우주를 여행한다.

'도'의 별엔 도로시 관장이 운영하는 도서관이 있다. 녹슨 철기를 만들어내는 마법서와 우주의 모든 언어를 담고 있는 사전, 벌거벗은 임금님이 기르는 옥상 식물을 조망하는 잡지, 바퀴벌레의 기원과 역사를 다룬 대하소설을 읽을 수 있다.

'레'의 별엔 레미제라블이 선수로 뛰고 있는 레슬링 경기장이 있다. 중세 시대 돈키호테 기사들의 1:1 매치와 레오나드로 다 빈치가 수없이 키스한 금메달, 은하수로 인테리어 조명을 한 IOC 총회, 1000kg 이상만 출전할 수 있는 11:11 올림픽이 있다.

'미'의 별엔 미카엘이 만든 미로로 만들어진 유원지가 있다. 출발은 있지만 도착은 없는 롤러코스터와 명왕성의 점토로 만든 회전목마, VR을 쓰면 볼 수 있는 레이저 정원이 있다.

'파'의 별엔 파랑새가 살고 있는 파슬리 동물원이 있다. 천 년을 더 산 코끼리와 팔이 1만 개인 로봇 오랑우탄, 빙하처럼 차가운 꼬리를 입에 물고 사는 표범, 인간의 얼굴을 한 개가 반긴다.

부르카 유랑단이 탄 행성 대관람차는 '솔'의 별까지 갈 수 있을까, 없을까?

"이걸 어떻게 화면에 다 담아내냐고."

시놉시스를 읽은 아란이 황당하다는 듯 말했다. 자옥이 겸연쩍은 듯 머리를 긁으며 대답했다.

"상징적으로 표현하면 되지 않을까? 예를 들어, 간단한 춤이라든지……"

"아무 장비도 없는데 어떻게 만들어?"

"이걸로 찍으면 돼."

돌리가 핸드폰을 내밀었다. 요즘은 기술이 좋아져서 핸드폰만으로도 충분히 영화처럼 촬영이 가능하다는 것이다. 무대 효과는 자옥이 가게에서 가져온 소품들로 처리하고, 노래 분위기에 맞는 율동을 추가하면 그럴듯해 보일지도 몰랐다. 춤을 잘 추는 돌리가 즉석에서 안무를 만들었다. 연주에 방해되지 않는 선에서 간단히 손과 발을 움직이기로 했다. 금메달에 키스하는 장면에서는 입을 손에 댔다 떼며 깜찍함을 더했고, 롤러코스터 장면에서는 도레미파솔라시도처럼 순서대로 점프했다. 요즘 유행하는 아이돌을 따라한 난이도 있는 동작도 있었지만, 몸치인 아란이 어렵다며 포기했다.

돌리가 핸드폰을 삼각대처럼 앞에 세웠다. 네 명이 악기를 잡았다. 연주가 시작되었다. 아직 익숙치 않은 연주에 율동까지 동시에 하느라 손가락이 바빴다. 자옥이 가게에서 가져온 반짝이 가루를 뿌리며 우주 분위기를 내려고 노력했다. 반짝이 가루가 각자의 머리띠 위로 지저분하게 내려앉았다. 몸으로 표현되지 않는 추상적인 단어는 영화 '러브 액츄얼리'의 프러포즈 장면처럼 스케

치북에 적어 카메라에 대고 넘겼다.

몇 번의 촬영 끝에 부르카 유랑단의 첫 번째 뮤직비디오가 탄생했다. 뮤직비디오라고 하기엔 조잡한 삼류영화 수준이었지만. 돌리가 자신의 SNS 계정으로 뮤직비디오를 올렸다. 버튼을 클릭하자 영상이 재생되었다. 부르카들은 초초하게 반응을 기다렸다. 조회수가 미미했다. 드디어 댓글 한 개가 달렸다. 넷은 잔뜩 기대에 차서 댓글을 살펴봤다.

'덥지도 않나? 웬 지랄이야.'

늘어진 부르카만큼이나 기분이 축 처졌다. 넷은 연습실 곳곳에 드러누웠다. 천장에 붙은 형광등 불빛이 깜박거렸다. 속절없이 시간이 지나갔다.

"그나저나 연습은 언제 하지?"

아란이 퍼뜩 떠올랐다는 듯 의문을 제기했다. 이번엔 지호가 두 손을 빌듯이 모았다.

"미안, 나 정신과 상담이 있어."

"야, 지호!"

지호가 부르카를 벗자 나비 모양 머리띠가 아래로 떨어졌다. 지호가 작별 인사를 했다. 셋은 누운 채로 손을 흔들었다. 닫혀 있던 문을 열자, 어둠이 검은 건반처럼 아래로 쏟아져 들어왔다.

키보드-지호

"I like that, I like that……."

한 평 남짓한 좁은 공간에 에코 음향이 울려퍼졌다. 지호와 제오는 코인노래방에서 실컷 노래를 부르는 참이었다. 꼭 잡은 두 손엔 커플링이 끼워져 있었다. 장식 없이 심플한 라운드 형태로, 가운데에 J&J 이니셜이 새겨져 있었다. 며칠 전 액세서리 가게 앞을 지나다 발견한 것이었다. 예쁘다고 무심히 흘려버린 지호의 말을 기억하고 제오가 사 왔다. 학생에겐 부담스러운 가격이라 받기 망설여지기도 했지만, 사랑의 증표라는 낯간지러운 말에 그만 마음을 놓고 말았다. 지호는 당일 정신과 상담도 건

너뛰고 제오를 만난 참이었다. 노래를 부르며 지호가 제오의 어깨에 기대자, 제오가 지호의 머리카락을 가볍게 쓰다듬었다.

한참 노래를 부르고 있는데 핸드폰 불이 반짝였다. 아란의 카톡 메시지였다. 연습 시간에 대한 공지와, 올 때 각자 간식을 챙기라는 사소한 내용이었다. 지호는 시계를 봤다. 곧 연습이 시작될 시간이었다. 서둘러 가지 않으면 늦을지도 몰랐다. 마이크를 내려놓고 자리에서 일어서려는데, 제오가 지호의 손을 잡았다.

"가려고?"

목소리에 서운함이 가득했다. 지호는 제오를 쳐다봤다. 제오의 갈색 눈동자가 초콜릿색으로 진해져 있었다.

"가야지."

"그게 그렇게 중요한가?"

"어쨌든 약속이니까."

"우승한다는 보장이 있는 것도 아니고. 어린애 장난 같은 연습일 뿐이잖아."

제오의 목소리가 조금 커졌다. 지호의 손목을 잡은 손에 힘이 들어갔다.

"꼭 가야 돼?"

제오의 애교 섞인 목소리와 살짝 내려간 입꼬리에 지호는 마음이 약해졌다. 조금만 더 같이 있기로 했다. 일이 있어서 늦을 것 같다는 카톡을 아란에게 보냈다. 기다리고 있을 멤버들의 모습이 떠올랐지만, 이내 고개를 흔들어 지워버렸다. 키보드가 없어도 연습은 가능하니까. 제오가 지호의 어깨를 감쌌다. 지호가 다시 마이크를 쥐었다. 몇 곡을 더 부른 다음 노래방을 나왔다.

날씨가 쌀쌀했다. 바람이 사납게 불었고, 노란 은행나무 잎이 지그재그로 흩날렸다. 떨어지는 잎을 잡으려고 지호가 이리저리 뛰어다녔다. 그런 지호의 모습을 제오가 귀엽다는 듯이 지켜봤다. 몇 번의 노력 끝에 잎을 잡은 지호가 자리에서 가볍게 폴짝폴짝 뛰었다. 포스트잇처럼 노란 잎이 지호의 손끝에서 팔랑거렸다.

"낙엽을 손으로 잡으면 첫사랑이 이루어진대."

지호가 의기양양하게 말했다.

"첫사랑이 누군데, 나야?"

제오의 물음에 지호가 잠시 머뭇거렸다. 첫사랑이 맞다고 말하면 제오가 내내 우쭐해할 것 같고, 아니라고 말하면 서운해할 것 같았다. 지호가 답을 못하고 있자 웃고 있던 제오의 입꼬리가 내려왔다. 아차, 싶어진 지호가 제오의 손을 잡았다.

"왜 대답을 못해?"

"당연히 너지."

"거짓말하지 마."

제오가 잡은 손을 뺐다. 아무래도 단단히 삐친 것 같았다. 제오가 길가에 서 있던 쓰레기통을 발로 찼다. 쓰레기통이 요란한 소리를 내며 흔들렸다. 제오가 등을 보이며 먼저 걸어갔다. 이럴 때 제오는 꼭 애 같았다. 지호는 뒤를 쫓으며 삐친 제오를 열심히 달랬다. 때마침 늘 지나치던 문방구 옆에 인생네컷 기계가 눈에 들어왔다. 지호는 제오의 팔을 잡아끌었다.

"커플 사진 찍자, 응?"

지호가 장화 신은 고양이처럼 눈을 동그랗게 뜬 채 제오의 팔을 흔들었다. 지호의 애교 넘치는 목소리에 기분이 풀어진 듯, 제오가 피식 웃었다.

"어, 웃었다."

지호가 웃으며 제오의 옆구리를 콕콕 찌르자, 제오가 졌다는 듯 지호의 볼을 살짝 꼬집었다. 둘은 팔짱을 끼고 안으로 들어갔다. 제오가 자신의 팔을 지호의 어깨에 둘렀다. 설명에 따라 기계를 조작하고, 카메라 렌즈를 보

며 포즈를 잡았다. 한껏 미소를 지은 채 사진 촬영 버튼을
눌렀다.

"하나, 둘, 셋!"

플래시가 터지는 순간, 제오가 지호의 볼에 입을 맞
췄다. 놀란 지호의 얼굴이 그대로 사진으로 인화되었다.

제오가 아지트까지 데려다준다고 해서 함께 걸어갔
다. 낡은 아크릴 간판이 걸린 4층짜리 건물이 둘을 반겼
다. 건물을 빙 돌아가면 아래로 내려가는 초록색 계단이
있고, 그 밑에 금방이라도 부서질 듯한 얇은 철문이 닫혀
있었다. 도착해서도 둘은 쉽게 헤어지지 못하고 건물 주
위를 서성거렸다. 제오가 비 맞은 강아지처럼 불쌍한 표
정을 지어 보였다. 갈색 곱슬머리가 아래로 축 늘어졌다.

"보내기 싫다."

제오가 지호의 손을 잡고 흔들었다. 지호도 아쉬움
섞인 미소를 지었다.

"이제 진짜 가야 돼."

제오가 가볍게 한숨을 쉬더니 지호를 안았다. 지호
도 두 팔을 벌렸다. 제오의 단단한 등뼈가 잡혔다. 까치발
을 들어 제오와 눈높이를 맞췄다. 옅은 갈색 눈동자가 온
전히 지호만을 담고 있었다.

"집중 안 할래, 집중."

자옥의 타박에 지호는 얼른 핸드폰을 청바지 뒷주머니에 집어넣었다.

"뭐야, 남자친구?"

"아니, 뭐……."

돌리의 호기심 어린 질문에 지호는 얼굴을 붉혔다. 썸을 타는 단계는 이미 지났는데도, 남자친구라는 말이 왠지 낯간지럽게 느껴졌다. 부르카 유랑단의 연습은 나아질 기미가 보이지 않았고, 키보드는 몇 번이나 같은 데서 삑사리를 냈다. 연습에 열중해야 한다고 생각하면서도, 핸드폰 진동이 올 때마다 궁금증에 카톡 메시지를 몰래 확인하게 됐다. 시럽을 잔뜩 뿌린 아이스크림처럼 달콤한 제오의 메시지가 규칙적으로 이어졌다. 수상한 낌새를 눈치챈 아란과 자옥이 지호에게 달려들었다. 하이에나 같은 애들로부터 핸드폰을 사수하느라 지호는 진땀을 뺐다.

연습이 평소보다 늦게 끝나, 지호는 제오를 만나는 대신 집으로 향했다. 현관 비밀번호를 누르고 문을 열었다. 자동 센서가 지호의 머리 위로 무대 조명처럼 켜지고, 신발장 위에 차례로 놓인 푸른 다육식물이 지호를 맞았다. 기실과 주방의 불을 켰다. 집 안은 태양으로부터 멀리 떨어진 무인 행성처럼 싸늘했다. 틀지 않은 보일러 때문만은 아니었다. 대기업에 부장으로 근무하는 아빠는 보나마나 술 먹고 늦게 들어올 테고, 중학교 선생님인 엄마는 오늘도 야근 예약이었다. 텅 빈 식탁 위에 밥이 차려져 있었다.

'밥이랑 약 잘 챙겨먹어.'

지호는 엄마의 쪽지를 구겨버리고 식탁 의자에 늘 그렇듯이 혼자 앉아 식사를 했다. 계란말이는 식어 있었고 급하게 만든 듯한 콩나물무침은 짜기만 했다. 몇 번 젓가락질을 하다 지호는 음식물 쓰레기통에 남은 밥과 반찬을 모두 버렸다. 약을 먹어야 했지만 가방에서 꺼내기가 귀찮았다. 개수대에 빈 그릇을 담그고 돌아와, 식탁 의자에 두 발을 올려 쪼그려 앉은 채로 아이패드를 켰다. 언젠가 쓰려고 만들어 둔 노랫말들이, 한꺼번에 쏟아부은 잉크처럼 물결을 이뤘다. 지호는 스마트펜을 들고 빈 구석에 아무 말이나 적기 시작했다. 사랑, 맛없는 음식, 쓸쓸함, 음악, 늦가을, 엉망진창, 밴드……까지 적었을 때 지호는 카톡 알림 소리를 들었다. 핸드폰을 확인했다. 제오였다.

'뭐해?'

'그냥 있는 중.'

'나도.'

'보고 싶다.'

'밖을 봐.'

지호는 창문 앞으로 다가가 밖을 내다봤다. 아파트 1층 놀이터, 검은 그림자가 그네 위에 앉아 있었다. 그림자가 위를 쳐다보며 손을 흔들었다. 제오였다. 지호는 방으로 뛰어들어가 옷장에서 카디건을 꺼내 입었다. 아파트 2층에서 계단을 타고 내려가 단숨에 놀이터까지 이르렀다. 초록색 후드 티를 입은 제오가 다가왔다. 지호가 미소를 지었다. 제오가 지호의 손을 잡았다. 지호가 까치발을 들어 눈높이를 맞췄다. 그 순간, 제오의 입술이 지호의 입술에 닿았다. 강아지풀처럼 부드러운 곱슬머리가 지호의 얼굴을 간지럽혔다. 연한 풀내음이 났다. 향기만으로도 취할 것 같아, 지호는 천천히 눈을 감았다.

네 번째 합주

아란과 자옥은 소파에 둘러앉아 돌리의 핸드폰을 들여다보고 있었다. 지난번 올린 영상의 반응이 궁금해서였다. 급하게 만들긴 했지만, 어쨌든 나름 기대가 됐다. 아마추어치고는 완성도 있는 작품이라거나, 수고했다는 말 한마디 정도는 있을지 몰랐다. 유튜브로 들어가 업로드했던 콘텐츠를 클릭했다. 동영상 조회수는 200회 정도. 예상보다는 나쁘지 않은 수치였다. 영상 밑에 몇 개의 댓글도 달려 있었다. 빨리 읽어보라고 아란과 자옥이 재촉했다. 돌리가 댓글을 보기 위해 스크롤을 내렸다.

ㅋㅋㅋㅋㅋ미친ㅋㅋㅋㅋㅋ

이건 또 뭐하는 것들이냐.

도는 도라이의 별 아니냐.

이 세상 힙이 아니다.

몇 개 있지 않은 댓글이 온통 악플이었다. 상심한 셋은 소파 깊숙이 아무렇게나 몸을 묻었다.

"그래도 긍정적인 댓글도 한 개 있네."

"이 세상 힙이 아니라는 거? 그게 과연 긍정적인 댓글일까?"

"우리 중 한 명이 남긴 거 아니야?"

아란이 애서 자위하자 자옥이 찬물을 뿌렸다. 한동안 셋은 더위 먹은 강아지처럼 소파에 늘어져 있었다. 돌리가 일어나며 말했다.

"이제 진짜 마음먹고 합주를 해 보자."

"그래. 중요한 건 뮤직비디오가 아니라 음악이니까."

"그나저나 지호 애는 왜 또 안 와."

세 명이 휘적휘적 일어나 무대로 다가갔다. 손때 묻은 악기가 잘 닦인 접시처럼 반들거렸다. 막 연습을 시작하려는데 삐걱, 하는 소리와 함께 아지트 문이 열렸다. 늦게 도착한 지호가 미안하다며 비닐봉지를 내밀었다.

"미안. 이것 좀 먹어 봐."

자옥이 봉지를 받아들었다. 낱개로 포장된 망고 젤리가 한가득 들어 있었다. 자옥이 망고 젤리를 세 명에게 나눠줬다. 각자 포장을 까서 입안에 넣었다. 달콤한 망고 젤리의 과즙이 퍼졌다. 때마침 출출하던 차였다. 넷은 소파에 앉아 망고 젤리를 먹기 시작했다. 부풀어 있던 비닐봉지의 절반이 금세 비었다. 손톱만한 망고 젤리로는 허기가 채워지지 않는 것 같았다. 오히려 더 배가 고팠다.

"통닭이라도 시켜 먹을까?"

아란의 제안에 자옥이 신속하게 배달 앱을 켜서 주문했다. 넷은 한동안 말없이 먹기만 했다. 배가 얼마쯤 채워지고 나서야 대화다운 대화가 오고 갔다.

"이번 영상은 뭘로 올릴까?"

"우주는 이제 그만."

자옥의 물음에 아란이 단호하게 말했다. 망고 젤리를 먹은 입술이 노란색으로 물들어 있었다.

"하긴, 저번 컨셉은 너무 난해했어."

지호가 아란의 말에 동의했다.

"바다는 어때?"

"바다라면, 이런 칙칙한 지하실보다 진짜 해변에서 찍는 게 좋지 않아?"

돌리의 의견에 지호가 이의를 제기했다. 뮤직비디오의 콘셉트에 대해 갑론을박이 이어졌다. 단합 차원에서 진짜 바다로 여행을 떠나자는 의견과, 바다라는 건 물질이 아닌 마음 속에 달려 있다는 의견, 저번엔 우주를 탐험했으니 이번엔 지하로 가 보는 게 어떻겠냐는 제3의 의견이 충돌했다.

"일단 연습부터 하자."

결론이 쉽게 나지 않자, 아란이 일어서며 말했다. 나머지 세 명도 각자 자리로 가서 악기를 잡았다. 아란의 큐 사인에 따라 연주가 시작되었다. 여러 번 연습할수록 소리는 그럭저럭 합이 맞아갔다. 아란의 손가락은 조금 더 단단해졌으며, 자옥의 베이스는 드럼 역할까지 겸해 박자감을 자랑했다. 지호의 키보드는 보다 풍부한 음색을 냈고, 돌리의 목소리는 여전히 마시멜로처럼 감미로웠다. 물론 아직은 갈 길이 멀긴 했다. 아란의 손엔 굳은살이 다 박이지 않았고, 지호는 여전히 한 음에서 헤맸다. 자옥의 연주는 틀리지 않을 뿐 '여왕벌' 수준에서 벗어나지 못했고, 돌리의 목소리도 좀 더 악기들과의 조율이 필요했다.

뮤직비디오는 저번처럼 안무를 돋보이게 하는 소품으로 진행하기로 의견을 모았다. 진짜 바다까지 갈 시간도 돈도 넉넉하지 않다는 사실을 인정하고 나서였다. 마음 같아서는 영화 '싱 스트리트'처럼 기차를 타고 가서 바다에 몸을 던지고 싶었지만, 그런 낭만적인 일정은 대회에서 상을 탄 이후로 미뤄두기로 했다. 급한 대로 비닐봉지에 미니미 인형을 넣어 바람에 흔들리는 해먹을 표현했고, 초등학생 숙제용 찰흙으로 모래성을 쌓았다. 양손을 좌우로 흔들어 부서지는 파도를 나타냈고, 쏟아지는 햇살은 형광등 불빛을 줌인하는 것으로 대신했다.

순조롭게 촬영이 진행되나 싶었는데 문제가 생겼다. 포커스가 맞지 않아 영상을 한 번 더 찍으려는 순간, 아까부터 초조해하던 자옥이 시계를 들여다보며 울상이 되었다.

"그냥 찍은 거 그대로 올리면 안 될까?"

"왜?"

"나 또 알바 가 봐야 돼."

"야, 신자옥!"

아란이 소리를 질렀다. 자옥이 미안하다는 표시로

두 손을 모았다.

"미안, 집에서 더 연습해 올게. 영상만 좀 봐 주라."

"헐, 대박이다 너. 진짜 한두 번도 아니고."

아란이 일어나 허리에 두 손을 대더니 목소리를 높였다.

"이렇게 계속 빠지면 어떻게 해?"

"미안하다니까."

"야, 너 상금 타서 베트남 간다고 한 거 아니었어?"

"나도 가고 싶지 않지만 어쩔 수 없잖아."

아란과 자옥의 말이 핑퐁처럼 왔다갔다했다. 분위기가 심상치 않았다. 돌리가 씹고 있던 망고 젤리를 급히 삼켰다. 눈치를 보던 지호가 헛기침을 했다.

"지호 너도 그래. 넌 알바도 안 하면서 왜 이렇게 계속 빠져?"

불똥이 지호에게 튀었다. 아란의 이유 있는 잔소리에, 지호는 겸연쩍은 듯 대답 없이 콧등을 긁었다.

"누구 때문에 이 고생인데."

아란이 화를 삭이려는 듯 주머니에서 풍선껌을 꺼내 씹었다. 긴장이 감도는 아지트에 딱딱, 껌 씹는 소리가 울려퍼졌다.

"그럼 이게 나 때문이라는 거야?"

이번에는 자옥이 발끈했다. 말릴 타이밍을 재고 있던 돌리와 지호가 조용히 한숨을 쉬었다. 2차전 시작이었다.

"그럼 뭔데."

"그러는 넌 왜 밴드를 하는데?"

"그야……."

"너도 나름의 이유가 있어서 하는 거 아니야? 상금을 나 혼자 차지하는 것도 아니고. 알바 끝나고 모자란 연습은 집에서 보충한다고."

"그래, 연습은 한다 쳐. 그럼 너만 잘하면 돼? 밴드는 협동이 중요하잖아."

아란의 교과서적인 멘트를 끝으로 침묵이 흘렀다. 자옥이 베이스 기타 줄을 매만지며 초조함을 감추려 애썼다. 아란이 단물 빠진 풍선껌을 불어댔다. 돌리와 지호는 있는 듯 없는 듯 무대 한편에 쪼그리고 앉아 있었다. 잠시 생각에 잠겨 있던 자옥이 궁금하다는 듯 아란에게 물었다.

"그러고 보니, 넌 왜 이렇게 밴드 활동에 열심이야?"

"그건……."

갑작스런 물음에 허를 찔린 듯, 아란이 한번에 대답

을 못하고 우물쭈물했다.

"나야 그렇다 쳐. 넌 처음에 별 관심도 없었잖아."

자옥이 순수하게 호기심이 이는 표정으로 물었다.
돌리와 지호도 이 끝나지 않는 핑퐁의 결과에 관심을 갖
고 아란의 대답을 기다렸다.

"······친구잖아."

겨우 대답을 찾은 아란의 목소리가 들릴 듯 말 듯했
다. 풍선껌 씹는 소리가 멈췄다. 그러더니 자신의 대답이
창피한 듯, 혹은 화가 치미는 듯 가방을 챙기며 연습 종료
를 선언했다.

"이럴 거면 안 하는 게 낫겠다."

아지트에 어색한 공기가 흘렀다. 돌리가 천천히 망
고 젤리를 다시 씹었고, 지호가 괜스레 키보드 앞으로 다
가갔다. 아란의 눈치를 보던 자옥도 주섬주섬 가방을 챙
겼다. 아란이 문을 열고 밖으로 나가려는 순간이었다. 쿵
쿵거리는 소리가 들리더니 저절로 문이 열렸다. 머리부터
발끝까지 검은 형체의 남자가 커다란 은색 물체를 들고
서 있었다. 넷은 귀신이라도 본 듯 일제히 비명을 질렀다.
비명 소리가 좁은 아지트에 동굴 속 메아리처럼 울렸다.

"치킨 왔습니다."

고소한 냄새기 문에서부터 풍겼다. 그제야 아까 시켰던 통닭이 생각났다. 남자가 영문을 모르겠다는 듯 머리를 긁었다. 넷이 서로를 쳐다봤다. 웃을 수도, 울 수도 없는 표정이 서로를 바라보고 있었다. 치킨 먹고 가라는 지호의 제안에도 아란은 대답 없이 초록색 계단을 뛰듯이 걸어올라갔다. 뒤이어 자옥도 아르바이트를 하러 간다며 나갔다. 남은 돌리와 지호가 난감한 표정으로 치킨을 바라봤다. 막 도착한 치킨은 평화, 그 자체였다.

기타-아란

점심시간, 아란은 급식실에서 식판을 들고 사방을 둘러봤다. 아름드리 나무만한 밥통에선 더운 김이 올라왔고, 다 먹은 식판을 얹은 컨베이어 벨트는 한치의 오차도 없이 돌아갔다. 고등어며 김치찌개 같은 음식 냄새가 공중에서 뒤섞여, 허기진 배를 더욱 출출하게 했다. 머리에 빵모자를 쓴 조리사들이 분주하게 음식을 나눠 주고 있었고, 식탁에는 아이들이 삼삼오오 그룹을 이뤄 밥을 먹고 있었다.

아란의 눈에, 급식실 한쪽에서 친구와 함께 점심을 먹는 선미가 들어왔다. 아란은 빈자리에 앉으려다 말고 그쪽을 쳐다봤다. 선미는 단발머리를 귀 뒤로 넘긴 채 열심히 밥을 먹고 있었다. 가끔 가다 친구의 얘기에 웃기도 했다. 한쪽만 생기는 보조개가 선명했다. 아란은 한참을 선 채로 그 모습을 지켜봤다. 그러고 있는 사이, 선미 옆에 앉아 있던 친구가 일어났다. 물을 뜨러 출구 쪽에 위치한 정수기로 가는 것 같았다. 아란은 저도 모르게 발걸음을 옮겼다.

아란은 선미가 앉은 자리 건너편 대각선에 앉았다. 주황색 플라스틱 의자가 마찰에 삐걱거렸다. 기척을 느낀 선미가 고개를 들었다. 아란은 어색하게 입꼬리를 위로 올려 미소를 지었다. 선미가 안경을 손으로 들어올리더니 눈을 깜박거렸다. 아란이 한쪽 손을 들어올렸다. 쭈뼛거리며 말을 걸려는데, 선미의 눈빛이 급하게 아래로 떨어졌다. 훤히 드러난 목덜미에서 당황함이 느껴졌다.

잘못 앉은 건가.

아란은 인사를 하려던 손을 거둬들였다. 그렇다고 다시 다른 자리로 가기도 민망해, 아란은 자리에 앉아 묵묵히 밥을 먹었다. 늘 그랬던 것처럼. 물을 떠서 돌아온 친구가 건너편에 앉은 아란을 힐끔힐끔 쳐다봤다.

"어머 웬일이니. 이제는 가운데서 밥을 다 먹네."

어김없이 세라 패거리가 등장했다. 아란은 아무렇지 않은 척 밥을 떠서 입으로 밀어넣었다. 현미 밥알이 까슬까슬하게 느껴졌다.

"뭐야, 찐이랑 친구야?"

난희와 다영이 건너편에 앉은 선미와 친구를 놀렸다. 밥을 다 먹은 친구가 선미를 재촉해 일어나 사라졌다. 세라는 도도하게 팔짱을 끼고 서 있었다. 접어 올린 교복 치마가 허벅지에 아슬아슬하게 붙어 있었다. 아란은 대꾸하지 않고 밥을 먹었다. 난희가 옆에 놓인 소금통을 들어 반찬에 뿌렸다.

"많이 먹어."

그러더니 깔깔거리며 웃었다. 속에서 소금보다 더 짠 뭔가가 올라왔다. 아란은 자리에서 벌떡 일어났다.

"……왜 안 되는데?"

세라 패거리가 웃음을 멈추고 쳐다봤다.

"뭐라는 거야?"

"왜 나는 친구가 있으면 안 되는데?"

아란은 처음으로 큰소리를 냈다. 급식실 안 아이들의 눈길이 쏠렸다. 아란의 반격을 받은 세라가 표정을 일그러뜨렸다. 급식실이 순식간에 조용해졌다. 침묵이 흐르는 사이로, 활짝 열어놓은 밥통에서 김이 모락모락 올라왔고, 컨베이어 벨트가 규칙적으로 회전했다. 심심한 학교 생활에 활력소가 될 만한 사건을 찾았다는 듯, 아이들이 호기심 어린 눈을 빛내며 이 상황을 관전했다. 그 눈길들을 온몸으로 받아내며, 아란은 세라를 쳐다봤다. 잠시 조용하던 세라가 표정을 풀며 웃었다. 이 상황이 너무나 웃기고 어이없다는 듯이. 난희와 다영도 큰소리를 내며 따라 웃었다. 하지만 아란은 놓치지 않았다. 한껏 위로 올라간 세라의 눈썹이 아래로 내려오지 않는 것을.

세라 패거리가 떠난 뒤, 아란은 플라스틱 의자에 도로 앉았다. 얼음 섞인 차가운 물을 단숨에 마셨다. 머리가 찡했다. 손으로 머리를 짚고 숨을 골랐다. 가슴의 두근거림이 멈추지 않았다. 아까 세라 앞에서 외쳤던 말이 떠올랐다.

왜 나는 친구가 있으면 안 되는데?

그제야 아란은 자옥의 물음에 대한 답을 찾은 것 같았다. 밴드를 하는 이유. 자옥과 투닥거릴 때는 미처 몰랐던 문제였다. 연습하느라 손가락도 아프고, 남은 시간을 뺏기고, 때로는 싸우고 때로는 지치면서도 계속해서 아지트의 문을 두드리는 것. 그건, 친구가 필요해서였다. 같이 모여서 얘기 나누고 웃어주는, 내 편이 되어줄 수 있는, 가끔씩 등을 돌렸다가도 언제 그랬냐는 듯 돌아와 웃을 수 있는, 친구. 아란은 아지트로 가야겠다고 생각했다. 부르카 유랑단 멤버들을 만나고 싶었다.

하굣길에 아란은 레코드점에 먼저 들렀다. 연주를 하는데 참고가 될 만한 음악을 고르기로 했다. 어제의 충돌을 계기로 새롭게 달라지는 부르카 유랑단을 만들고 싶었다. 자옥과의 화해는 덤이었다. 헤드폰을 끼고 펀(Fun)의 'We are young'을 들었다. 네이트 루스의 통통 튀는 보컬을 들으니 마음이 편안해지는 기분이었다. 후렴구 부분을 허밍으로 따라 부르고 있는데 뒤에서 누가 아란의 등을 콕콕 건드렸다. 뒤를 돌아보니, 선미가 선물용으로 포장된 톰 미쉬의 CD를 두 손에 쥔 채로 서 있었다. 선미가 어색한 미소를 지으며 CD를 내밀었다.

"아까는 미안했어."

급식실에서의 일이 스쳐 지나갔다. 한순간의 실수로 터져버린 풍선껌처럼, 쉽게 다시 붙을 수는 없는 일이었다. 아란은 선미를 바라봤다. 안경 속 눈동자가 불안한 듯 흔들리고 있었다. 아란은 한숨을 한번 쉬고 CD를 받아들었다.

"난, 괜찮아."

"진짜?"

선미가 믿기지 않는다는 듯 거듭 물었다. 진짜로 괜찮았다. 아란은 알고 있었다. 학교에서 찐따에게 말을 건다는 것은 그 무엇보다 엄청난 용기를 필요로 한다는 것을. 아란은 학교의 공식적인 찐이었다. 세라 패거리는 앞으로도 아란을 괴롭힐 것이고, 아이들은 언제나 그랬던 것처럼 그 모습을 방관하며 자신들의 평범한 일상을 살아갈 것이다. 그러니까 앞으로도 선미는 학교에서 계속 그럴 것이다. 남들처럼, 평범하게. 괜찮다. 터져버린 풍선껌은 다시 불면 되니까. 이렇게 가끔씩 레코드점에서라도 만나 얘기를 나눌 수만 있다면. 아란은 미소를 지었다. 아무렇지 않은 척, 그게 아란의 특기였으니까.

레코드점을 나와 지하철역까지 같이 걸었다. 파란 하늘에 회색 구름이 낮게 떠 있었고, 옅은 안개가 거리에 깔려 신비로운 분위기를 자아냈다. 잎이 떨어져버린 나뭇가지는 군데군데 앙상함을 드러냈고, 아장아장 걷던 비둘기떼가 누군가의 고함에 놀라 모처럼 날아올랐다. 아란과 선미는 길을 걸으며 수다를 떨었다. 아란이 지금 하고 있는 밴드 얘기에서부터 연예인 누가 누구와 사귄

다는 얘기, 내년에 톰 미쉬가 내한 공연을 할까 말까, 하
는 사소한 얘기들.

지하철역에 도착해 서로 작별 인사를 했다. 선미가
손을 흔들었다. 아란은 지하철역 출구 앞에 선 채로, 에
스컬레이터를 타고 내려가는 선미의 뒷모습을 오래 바라
봤다.

내일 학교에선 또 달라지겠지. 그럼 또 상처받을지
도 모른다.

그래도 괜찮다. 괜찮을 것이다. 아란은 에스컬레이
터를 한달음에 뛰어내려갔다. 어서 아지트에 가고 싶었
다. 가서, 기타 줄이 끊어질 정도로 연주를 하고 싶었다.

노래-돌리

돌리는 엄마의 무덤에 꽃다발을 놓았다. 오늘은 엄마의 기일이었다. 실제로 엄마의 무덤은 인도에 있어서 추모공원에 있는 이 작은 비석을 무덤이라고 하긴 좀 그랬지만. 비행기를 타고 당장 인도까지 갈 수 없어, 가끔씩 이렇게 아빠와 함께 와서 그리움을 달래곤 했다. 비석에 이름으로만 적혀 있는 엄마를 보면, 이 모든 게 거짓말 같기도 했다. 인도에 누워 있는 엄마의 머리는 메카 방향을 향해 있을 것이다. 돌리는 쓸쓸히 혼자 있을 엄마를 위해 기도했다. 신이 엄마에게 영원한 안식과 행복을 주기를. 쌀라투 알란 나비.

추모를 끝내고 공원 계단을 내려가다, 아래쪽에서 올라오는 한 무리의 사람들과 마주쳤다. 가족으로 보이는 그들은 부르카를 한 돌리와 아빠를 보더니 놀란 기색을 숨기지 않았다. 또 시작이구나, 돌리는 조용히 한숨을 쉬고 옆을 지나쳐 갔다. 뒤에서 대놓고 수군거리는 소리가 들렸다.

"저게 뭐야? 한국에도 저런 게 있어?"

"혹시 IS 그거 아니야? 테러리스트?"

"덥지도 않은가 봐."

돌리는 고개를 돌려 반박하거나 화를 내는 대신, 내려가는 발걸음을 빨리 했다. 뒤따라오는 아빠가 숨이 찬지, 헐떡이며 돌리의 뒤를 쫓았다. 아빠가 겨우 돌리를 따라잡았을 때, 돌리는 갑자기 멈춰 섰다. 가을 낙엽이 부르카 위로 산들거리며 떨어졌다. 아빠가 돌리를 돌아봤다.

"아빠, 저 이거 꼭 해야 해요?"

돌리는 아빠에게 물었다. 목소리에 약간의 짜증과 어쩔 수 없는 원망이 섞여 있었다.

"뭘 말이냐?"

"아시잖아요."

아빠는 대답 대신 먼 산을 바라봤다. 멀리서 이름 모

를 새소리가 들려왔고, 보라색 날개를 가진 나비가 하늘을 날다 잔디 위에 살포시 내려앉았다. 나비는 아무것도 숨기거나 가리지 않고, 타고난 그대로의 모습으로 날고 있었다. 보라색 날개를 힘차게 펼치며, 가고 싶은 곳을 따라 자유롭게. 돌리는 가슴 속에서 무언가가 치고 올라오는 것을 느꼈다.

"아빠는 부끄럽지 않으세요?"

"뭐가 부끄럽다는 거냐?"

아빠가 대답했다. 가을 햇살이 아빠의 얼굴 위로 비쳤다.

"사람들이 저를 외계인 보듯 한다고요."

"그건 그들의 시선이 잘못된 거다."

한숨을 쉬는 돌리에게 아빠가 덧붙였다.

"정숙한 여성에게, 부르카는 종교이면서도 생활이자 문화이기도 하다."

도대체 언제 어디서부터 시작된 전통이길래 앞도 잘 보이지 않는 이런 걸 쓰고 다녀야 하는 걸까. 그것도 언제 끝날지 모르는 상태로. 아빠는 고장난 로봇처럼 같은 말을 반복하고만 있고.

엄마가 있을 땐 안 그랬잖아요, 돌리는 하고 싶은 말

을 삼켰다. 돌리는 머리에 붙은 낙엽을 손으로 털며 생각했다. 아빠에게 그건 전통이 아니라 상처가 아닐까. 너무 쉽게 사랑하는 사람을 잃었다는 자책감. 다시는 그런 일을 겪지 않게 하겠다는 다짐. 그게 아빠의 사랑의 방식이라면, 이해해야 하는 걸까. 자신을 부르카 속에 가두고서라도. 돌리는 아빠를 바라봤다. 슈퍼스타 돌리가 되어 자신을 옭아맨 답답한 허물을 벗고, 보라색 날개를 달고 하늘을 향해 비상하고 싶었다. 지금 이 간절한 마음이 아빠에게 보일까. 눈 주위를 옭아맨 그물 모양의 망사 때문에, 아빠는 아무것도 보지 못할 것이다.

집으로 돌아오는 차 안에서 돌리는 이어폰을 끼고 유튜브로 음악을 들었다. M.I.A의 'Bad Girls'가 귓가에 울려퍼졌다. 스리랑카 타밀족 출신으로 인도에서 영국으로 건너와 난민 생활을 했던 미아는 가난과 성별, 인종차별의 벽 앞에서도 꿈을 잃지 않고 가수가 되었다. 뮤직비디오에서 히잡을 쓰고 운전을 하는 여성 댄서들이 돌리에게 힘을 내라고 말을 거는 것 같았다. 언젠간 모든 것이 괜찮아질 거라고.

돌리는 운전을 하고 있는 아빠의 뒷모습을 바라봤다. 듬성듬성한 머리의 절반 이상이 흰머리인, 어깨가 굽은 아빠. 아빠는 무서웠지만 동시에 안쓰럽기도 했다. 계속 보고 있으면 눈물이 찔끔 나올 것 같아, 돌리는 창밖으로 고개를 돌렸다. 아스팔트 거리 양옆으로 자작나무들이 스쳐 지나갔다. 어쩌면 아빠도 이해해 주실지 모른다. 시간은 좀 걸리겠지만. 정숙한 여성은 안 될지 몰라도, 유명한 스타가 되고 싶다. 부르카가 아닌, 화려한 무대복을 입은 모습으로.

얼마 전, 학교 앞에서 캐스팅 디렉터를 만난 일이 기억났다. HYH엔터테인먼트에서 다양한 국적과 인종이 모인 글로벌 아이돌 그룹을 기획하고 있다고, 관심 있으면 연락을 달라며 명함을 내밀던 모습이 눈에 선했다. 핸드폰에서 연락처 목록을 훑었다. 임 실장으로 등록된 전화번호가 눈에 들어왔다. 돌리는 아빠의 눈치를 봤다. 아빠는 라디오에서 흘러나오는 뉴스를 들으며 운전을 계속하고 있었다.

"아빠, 뉴스 소리 좀 키워 주세요."

아빠가 이상한지 백미러로 돌리를 쳐다봤다. 돌리는 이래 봬도 시사에 관심이 많다는 듯이 미소를 지었다. 아빠가 볼륨을 높이는 순간, 돌리는 문자 전송 버튼을 눌렀다.

베이스-자옥

자옥은 90도로 고개를 숙인 채 매장 바닥을 내려다봤다. 얼마 전 대청소를 해서인지, 바닥은 미끄러질 것처럼 반질반질했다. 자세히 들여다보면, 서 있는 자신의 모습이 거울처럼 비칠 것 같았다. 지금 자신이 짓고 있는 표정은 어떨까. 시무룩한 표정일까, 울기 직전의 표정일까, 이도저도 아닌 애매한 표정일까. 체육관의 짐 볼처럼 뚱뚱한 사장의 호통이 매장 안에 울려퍼졌다.

"내가 몇 번이나 경고했지? 또 잃어버리면 그땐 월급에서 깔 거라고."

액세서리가 또 사라졌다. 그것도 아주 많이. CCTV도 돌려 봤지만 의심가는 사람을 잡아낼 순 없었다. CCTV가 미치지 않는 사각 지대에서 여러 사람이 각자 조금씩 훔쳐간 거라는 결론이 났다. 결국 사장의 화가 폭발했다. 드라마처럼 뒷목을 잡지는 않았지만, 이러다 쓰러지는 것 아닌가 싶게 핏대를 높였다. 자옥은 두 손을 공손히 모으고 사장의 말을 경청하는 척했다. 일단은 사장의 화를 누그러뜨리는 게 중요했다. 용서를 비는 불쌍한 표정은 덤이었다.

진짜로 사장이 월급을 주지 않으면 어떡하지. 월급에서 까는 건 불법 아닌가요, 소심하게 반항하고도 싶었지만 그러지 못했다. 노동청에 신고할 수도 있지만 문제가 복잡해질 게 뻔했다. 이번 달만 해도 수많은 공과금과 각종 고지서들이 자옥을 기다리고 있었다. 결국은 사장의 비위를 잘 맞춰 월급을 제대로 받아내는 수밖에 없었다. 자옥은 침묵을 고수했다. 섣부른 말대꾸는 화를 부르기 십상이다. 서러운 척 눈물 한 방울이라도 흘리고 싶었지만, 어색한 연기가 오히려 역효과를 몰고 올 수도 있었다. 아래로 숙인 목덜미가 뻐근했다.

사장의 화가 조금 가라앉은 것 같았다. 사장은 계산대에서 돈을 꺼내 자옥에게 건네고, 매장 문을 열고 밖으로 나갔다. 자옥은 긴 한숨을 쉬었다. 그제서야 허기가 밀려왔다. 늦은 저녁을 먹으러 매장 뒤편 간이 휴게실로 향했다. 패스트푸드점에서 사온 햄버거는 이미 식어 있었다. 소고기 패티는 딱딱했고 양상추는 시들어 있었다. 토마토도 흐물흐물했다. 맛은 없어 보였지만 자옥은 햄버거를 한입 베어 물었다. 이거라도 먹지 않으면 저녁은 굶어야 했다. 학교 수업에 아르바이트에 연주 연습까지, 가히 살인적인 스케줄을 소화하려면 밥심이 필요했다.

아까 들었던 사장의 가시 돋친 말들이 자옥을 찔렀다. 요즘 아르바이트 일을 소홀히 한 건 사실이었다. 피곤해서 몇 차례, 아니 여러 번 졸기는 했다. 밴드 경연 대회에 맞춰 연습 강도는 늘어나고 있었고, 아르바이트 때문에 빠진 연습을 보충하려면 24시간이 모자랐다. 그래도 이건 너무했다. 마음 같아서는 다 그만두고 싶은 생각까지 들었다. 하지만 그럴 수는 없었다. 자옥은 울지 않으려 고개를 위로 들었다. 휴게실 천장 한가운데에 달린 형광등 불빛이 눈이 부셨다. 눈싸움이라도 하듯 불빛을 쏘아봤다. 지지 말아야지, 누구에게 하는 말인지도 모르게 자옥은 다짐했다.

집으로 돌아가는 길이 평소보다 멀어 보였다. 자옥

은 물 먹은 솜인형처럼 한 발짝, 한 발짝을 내디뎠다. 골목길 어귀를 돌아 전봇대 앞에 서서 할머니를 기다렸다. 집에 혼자 들어가기 싫었다. 길가에 굴러다니는 작은 돌멩이를 발로 차며, 자옥은 부르카 유랑단의 노래를 습관처럼 흥얼거렸다. 여행을 떠나자 어디든 좋으니, 가방을 벗어던지고 운동화 끈을 졸라 매고…… . 발 딛고 선 땅을 떠나 365일 따뜻한 나라로, 온종일 오토바이 때문에 매연에 시달려도 좋으니. 쌀국수를 먹고 노상에서 커피를 마시고, 아오자이를 입고 삼각형의 모자를 고깔처럼 뒤집어쓰고, 여행을 떠나자 어디든 좋으니, 가방을 벗어던지고 운동화 끈을 졸라 매고…… . 노래를 부르다 심심하면, 가사를 바꿔서 여러 번 노래를 불렀다.

통통, 바퀴가 굴러오는 소리가 들렸다. 할머니가 리어카를 끌고 다가오고 있었다. 아까의 분함은 마음속에 묻어두고, 자옥은 웃으며 손을 흔들었다. 할머니가 목에 걸친 수건으로 땀을 닦았다. 얼굴을 뒤덮은 주름이 더 깊어 보였다. 자옥은 뒤로 돌아가서 리어카를 밀었다. 리어카가 잘 굴러가지 않았다. 무게 때문만은 아니었다. 타이어 한쪽 바퀴가 바람 빠진 것처럼 아슬아슬했다.

"할머니, 리어카 좀 고쳐요. 잘못하다간 사고 나겠

어."

"별 걱정을 다 한다."

할머니가 무뚝뚝하게 대답했다. 리어카는 오르막길을 오르느라 힘겹게 쉭쉭, 소리를 냈다. 바람이 서늘한데도 등에는 땀이 고였다. 떨어진 나뭇잎들이 리어카 위에 소복하게 쌓였다. 이 많은 폐지와 빈 박스를 줍기 위해 할머니는 얼마나 고생을 했을까. 휴게실에서 식은 햄버거를 씹던 기억이 떠올라, 자옥은 리어카를 잡은 손에 힘을 주었다. 새삼 코끝이 시큰거렸다.

길을 돌아서 다음 골목으로 접어드는데, 담벼락에 기대 서 있던 한 아저씨가 할머니를 막아섰다. 검은 바지에 가죽 재킷을 입은 아저씨는, 키는 작았지만 덩치가 크고 단단해 보였다. 옆으로 쭉 찢어진 눈이며, 우락부락한 어깨에 새긴 뱀 모양의 문신이 한눈에 봐도 불량해 보였다. 아저씨가 가죽 재킷 안주머니에서 수첩을 내밀었다.

"수금 날짜를 잊지는 않았겠죠."

발에 본드라도 붙은 것처럼 할머니가 멈춰 섰다. 할머니는 마른 잎처럼 떨고 있었다. 하얗게 센 머리카락이 긴장으로 곤두선 것처럼 보였다. 자옥은 할머니 옆으로 가서 섰다. 무서웠지만 왠지 그래야 할 것 같았다. 할머니의 손을 잡았다. 뼈만 남은 가녀린 손이 얼음처럼 차가웠다. 겨우 입을 연 할머니가 기다려 달라는 말을 했다. 조금만 더 시간을 달라고, 이번 달엔 폐지가 많이 모이지 않았다고, 말미를 주시면 꼭 갚겠다고.

아저씨가 손가락 마디를 뚝뚝 끊으며 목을 이리저리 굴렸다. 재미난 게임이라도 하는 것처럼 씨익 웃더니, 리어카를 단숨에 발로 찼다. 리어카가 중심을 잃고 왔던 길을 도로 굴러 내려갔다. 할머니가 비명을 질렀다. 리어카는 골목 귀퉁이에 가서 처박혔다. 날아가는 폐지 주위로 깡통, 공병이 와장창 떨어졌다. 그 위를 덮은 나뭇잎들이 팝콘처럼 솟아올랐다. 아이고, 소리를 내며 할머니가 주저앉았다.

"다음번에는 봐 주지 않아요."

경고를 남기고 남자가 사라졌다. 할머니는 멍하니 앉아 있었다. 한낮의 아이스크림처럼 곧 녹아 없어져버릴 듯이. 자옥은 할머니를 부축해 일으켜 세웠다. 뒤집힌 리어카 바퀴가 맴을 돌았다.

나, 생각보다 더 가난하구나.

아까 먹은 햄버거가 명치 끝에 걸린 것처럼 답답했다. 자옥은 할머니를 꼭 끌어안았다. 지금은 아무것도 생각하고 싶지 않았다. 그저 가족의 따뜻한 체온을 느끼고 싶었다. 이 세상에는 할머니와 자신밖에 없다. 엄마는 너무 먼 곳에 있었다. 지금 날씨는 결코 따뜻하지 않았다.

키보드-지호

"왜 내 전화 안 받았어?"

지호와 제오는 편의점 휴게 의자에 앉아 컵라면을 먹는 중이었다. 창밖으로 노을이 붉게 지고 있었고, 매장 출입구에 달린 풍경에서 손님이 들어올 때마다 짤랑, 하고 맑은 소리를 냈다. 라면 국물을 마시고 있던 지호는 제오의 물음에 고개를 들었다.

"내가 서른일곱 번을 전화했는데."

"미안, 연습하느라고."

"연락 안 되는 거 제일 싫어하는 줄 알면서."

불만 섞인 제오의 목소리에, 지호는 젓가락질을 하

며 눈치를 살폈다. 부르카 유랑단 연습 때문에 예전보다 연락을 많이 못 한 것은 사실이었다. 제오는 지호가 답이 없으면 받을 때까지 전화를 했다. 잠시만 전화를 안 받아도 부재중 전화 표시가 수십 개씩 떠 있었다. 제오는 모든 면에서 자신이 0순위이기를 바라는 것 같았다. 싫은 건 아니지만 한편으로는 부담스럽기도 했다. 같이 있고 싶다고 24시간 내내 붙어 있을 수는 없는 노릇이니까.

남은 면발을 건져 먹고 있는데 지호의 카톡 알림이 울렸다. 보나마나 연습에 늦지 말라는 아란의 공지일 것이다. 대수롭지 않게 카톡을 확인하려다 지호는 멈칫 했다. 자신을 쏘아보는 제오의 시선이 느껴졌다. 지호는 핸드폰을 테이블 위에 올려놓았다. 제오가 수상쩍다는 듯 물었다.

"누구야?"

"……친구."

"친구 누구? 확인도 안 하고 어떻게 알아?"

제오의 눈빛이 초콜릿 색으로 진하게 변해 있었다.

"핸드폰 좀 이리 줘 봐."

"왜?"

"한번 보게."

제오가 고집을 부리더니 지호의 핸드폰을 뺏듯이 낚아챘다. 제오는 카톡 목록을 넘기며 새로 온 메시지를 확인했다. 지호는 한숨을 쉬었다. 한때는 그런 제오의 모습이 귀여울 때도 있었다. 하지만 이제는 이런 실랑이가 지겨웠다. 같이 있을수록 나 자신이 없어지는 느낌이었다. 급속히 피곤이 몰려들었다. 집에 가서 쉬고 싶었다.

"나 먼저 들어갈게."

"왜, 나랑 같이 있는 게 싫어?"

제오가 되물었다. 아니, 그게 아니고……. 설명할 자신이 없어진 지호는 다시 젓가락질을 시작했다. 오늘따라 제오가 평소보다 더 예민한 것 같았다. 그러고 보니 제오를 만난 후 약을 먹지 않은 지 꽤 오래된 것 같다는 생각이 들었다. 제오는 어떨까.

"너 병원 간 지 얼마나 됐지?"

"몰라. 왜, 내가 이상해 보여?"

"아니, 그냥."

지호는 얼버무렸다. 카톡을 확인한 제오는 다시 기분이 좋아졌는지 지호에게 손을 내밀었다. 지호는 조금 망설이다 제오의 손을 잡았다. 부드럽고 따뜻했다. 그래, 날 너무 좋아해서 그러는 걸 거야. 지호는 애써 부정적인 생각을 떨쳐버리려고 했다.

컵라면을 다 먹은 둘은 편의점을 나왔다. 제오가 새로 나온 영화를 보러 가자고 했다. 피곤했다. 지호가 그냥 집에 가겠다고 하자 제오가 살짝 짜증을 냈다.

"왜 그래? 만난 지 얼마 되지도 않았는데."

"그냥 좀 피곤해서."

한동안 말없이 서 있던 제오가 불쑥 뚱딴지 같은 소리를 했다.

"다른 남자 만나러 가는 거 아니야?"

"뭐?"

지호는 어이가 없어 웃었다. 이럴 때 보면 제오는 영락없는 애 같았다. 가장 큰 사탕을 물고 있으면서도, 그것을 뺏기지 않을까 끊임없이 눈알을 굴리는. 지호는 갑자기 장난기가 발동했다.

"그렇다면 어떻게 할 건데?"

제오는 풀이 죽은 것처럼 맥을 놓고 말이 없었다. 기대했던 반응이 나오지 않자 지호는 살짝 민망해졌다. 화제를 바꿔서 다른 얘기를 꺼내 보려는데, 갑자기 제오가 쏘아보듯이 지호를 응시했다. 귓불 끝까지 달아오른 얼굴이 노을보다 더 붉어 보였다.

"장난이라도 그런 식으로 말하지 마."

갑자기 제오가 지호의 어깨를 붙잡고 흔들었다. 팔에 들어간 힘 때문인지 꽤 아팠다. 지호는 종이인형처럼 휘청거렸다. 이내 지호를 놓아준 제오가 편의점 앞에 놓인 나무 탁자를 주먹으로 쳤다. 지호는 깜짝 놀라 그 자리에서 얼어붙었다.

"미안해. 많이 놀랐지?"

폭풍 같은 시간이 지나가고, 정신을 차린 제오의 눈빛이 다시 돌아와 있었다. 지호는 멍하니 제오를 쳐다봤다. 살짝 찢어진 오른쪽 주먹에서 피가 나고 있었다. 지금까지 보아왔던 제오의 모습이 아니었다. 지호는 한 발짝 뒤로 물러섰다. 너무 다른 제오의 모습이 혼란스러웠다. 아까 화를 내던 모습이 잊혀지지 않았다. 정말 미안하다며 제오가 거듭 사과했다. 지호는 겨우 말을 꺼냈다.

"나, 갈게."

혼란스러운 이 상황을 벗어나고 싶었다. 지호는 제오에게 등을 보이고 집을 향해 달려갔다.

지호는 눈을 감은 채로 자신의 방 침대에 누워 있었다. 카톡 알림음이 계속 울렸다. 제오일 것이다. 지호는 답장을 하지 않고 핸드폰을 책상에 던져놓았다. 전화벨이 울렸다. 받지 않았다. 아까 제오의 행동을 이해하려면 시간이 필요했다. 머리가 아팠다. 아무것도 생각하지 않고 그냥 푹 자고 싶었다. 이 모든 일들이 하룻밤의 꿈처럼 사라지면 좋을 것 같았다.

얼마나 시간이 지났을까. 레코드판이 튀는 것처럼 불규칙적으로 탁탁, 하는 소리가 들렸다. 소리는 지호의 방 창문 쪽에서 나고 있었다. 무슨 소리일까. 무시하고 잠을 청하려던 지호는 소리가 그치지 않자 혹시나 하고 일어나서 창문 쪽으로 다가갔다. 작은 돌 여러 개가 포물선을 그리며 유리창을 두드리고 있었다. 지호는 창문을 열었다. 제오였다. 제오가 희미하게 미소를 지었다.

"이렇게 있으니까 꼭 로미오와 줄리엣 같다."

곱슬거리는 제오의 머리카락이 바람에 날려 자유분방하게 헝클어졌다. 지호는 아무 말도 하지 않고 제오를 내려다봤다. 제오의 쑥스러운 듯한 웃음 속에 한없이 미안함이 어려 있었다.

"창문을 열어 다오."

제오가 갑자기 노래를 부르기 시작했다. 지호는 당황해서 손사래를 쳤다.

"하지 마."

"안 나오면 계속 부를 거야."

밤을 꼬박 샐 기세였다. 어쩔 수 없이 지호는 카디건을 찾아 걸치고 밖으로 나왔다. 밤바람이 찼다. 얇은 재킷 하나만 걸친 제오는 떨고 있었다. 얼마나 오래 밖에서 그러고 있었는지 알 수 없었다. 지호는 아무 말도 하지 않고 제오의 갈색 눈동자를 응시했다.

"알잖아. 나, 너 없으면 안 되는 거."

제오는 금세라도 울음을 쏟아낼 듯했다. 긴장이 풀렸다. 지호가 알던 그 제오가 맞았다. 큰 키에 남들보다 옅은 갈색 눈동자, 부드러운 목소리에 아이처럼 순수한 면을 간직한, 하고 싶은 건 뭐든지 다해야 하는, 지호만 바라보는 제오. 지호는 잠시의 망설임을 떨쳐버리고 제오에게 다가갔다. 뺏겼던 왕사탕을 다시 찾은 것처럼, 제오가 지호를 격렬하게 끌어안았다.

"난 너밖에 없어."

내일 아침이면 평소처럼 모든 것이 돌아와 있을 것이다. 지호는 제오의 따뜻한 체온을 느끼며 눈을 감았다.

다섯 번째 합주

 늘 떠들썩하던 아지트가 어쩐지 썰렁했다. 돌리와 자옥, 지호는 소파에 앉아 하릴없이 시계만 쳐다보는 중이었다. 평소라면 제일 먼저 출석했을 아란이 보이지 않았다. 언제나 발랄한 얼굴로 악기 상태를 체크하고 연습을 독려하던 아란이었다. 지난번 자옥과의 다툼 때문일까. 그만한 일로 빠질 리는 없다고 생각하면서도 염려가 됐다. 세 명은 아란을 기다리며 비좁은 소파에서 몸을 웅크렸다. 난방 장치 하나 없는 아지트는 추웠다. 찬바람이 지하실 문틈으로 파고들었다.

 30분이 지나자 가망이 없다고 느꼈는지 자옥이 말

했다.

"연습하자."

자옥의 말에 돌리와 지호가 기운 없이 몸을 일으켰다. 그 순간 문이 열렸다. 무릎까지 내려오는 검은색 코트를 입은 아란이 손에 통닭 봉지를 들고 서 있었다.

"뭐해? 연습 안 하고."

아란이 말했다. 아무 일도 없었다는 듯이 심상한 말투였다. 지호가 물었다.

"그건 뭐야?"

"지난번엔 다 못 먹었잖아."

아란이 대답하며 통닭 봉지를 내밀었다. 여전히 씩씩했다. 지켜보던 세 명의 얼굴에 미소가 번졌다. 무대 위에 신문지를 펴놓고 둘러앉아 통닭을 먹었다. 출출할 때 먹어서 그런지 한 마리가 금세 동이 났다. 넷은 손에 묻은 양념까지 쪽쪽 빨아먹었다.

"아르바이트는?"

닭다리를 뜯으며 아란이 자옥에게 물었다. 돌리와 지호의 시선이 자옥에게 고정되었다.

"대타 맡기고 왔어."

자옥이 대답하며 머리를 긁었다. 겸연쩍은 듯한 자

옥의 대답에, 물 위에 뜬 기름 한 방울처럼 어색하던 기운도 어느새 완전히 사라졌다. 싸늘하던 아지트가 온기로 훈훈해진 것 같았다.

"근데 부르카 유랑단이 뜨긴 했나 봐."

통닭을 다 먹고 핸드폰을 들여다보고 있던 지호가 말했다.

"조회수가 1,000이 넘었어."

그 말에 아란과 돌리, 자옥이 지호 주변으로 모여들었다. 지호가 핸드폰을 들어 보였다.

부르카 유랑단, 웃기긴 한데 노래는 잘 하네.
콘셉트 짱이에요.
도라이 같지만 마냥 웃을 수만은 없다.
힘내세요.

여전히 악플이 많았지만, 힘내라거나 노래 잘 듣고 있다는 응원 댓글도 제법 보였다. 조금만 더하면 확실히 대중들에게 눈도장을 찍을 수 있을 것 같았다. 온라인에서 얻은 인지도를 바탕으로 밴드 경연대회에서 우승을 할 수 있다면……

응원 댓글에 고무된 넷은 또 한 번의 뮤직비디오를 찍기로 했다. 주제는 지난번에 논의했던 바다였다. 자옥이 아르바이트 가게에서 가져온 소품들을 늘어놓았다. 고래 모양 쿠션과 파도 소리가 나는 오르골, 조개를 닮은 무드등 같은 것들이 분위기를 살려주었다. 부르카를 입고 각자의 머리띠를 착용했다. 검은 미역 같다는 아란의 농담에, 자옥이 파도에 하늘거리는 미역 흉내를 내며 아란에게 엉겨붙었다.

자옥이 자신의 핸드폰을 고정시켜 비디오 촬영 버튼을 눌렀다. 레디 고, 사인에 모두가 악기를 집어들었다.

한여름, 바다로 여행을 떠난 부르카 유랑단.

구름이 옅게 깔린 이파네마 해변은 열기가 조금 식어 기분 좋은 바람이 일렁이고 있다. 해안선을 따라 잔잔한 파도가 발을 간지럽힌다. 파라솔 아래에 앉아 민트 빛깔의 바다를 바라본다. 뜨거운 태양빛이 몸을 감싼다. 손우산을 하고 내리쬐는 태양을 바라보다가, 엉덩이에 묻은 모래를 툭툭 털고 일어나며 휴대폰에 저장된 보사노바 음악을 튼다. 음악 소리가 바람을 타고 퍼진다. 따스한 백사장의 모래를 맨발로 밟으며, 보사노바 음악에 맞춰 가볍게 춤을 추기 시작한다. 손에 닿을 듯한 구름이 점점 짙어진다.

장면이 바뀌면, 요트를 타고 깊은 바다 한가운데까지 나간 부르카 유랑단이 다이빙을 시도한다. 부르카만큼이나 검은 바다가 어서 오라는 듯 손짓한다. 차례로 바다를 향해 떨어진다. 차가운 물이 짜릿하게 온몸에 감겨온다. 물 속에서 그들은 분홍색 고양이 꼬리가 달린 인어를 만난다. 인어가 미소를 지으며 자신의 세계로 인도한다. 인어를 따라 깊은 곳으로, 더 깊은 곳으로 들어간다. 고래와 상어와 이름 모를 작은 물고기들이 그들을 배웅해 준다.

소파에서 핸드폰 진동이 계속 울렸다. 자옥이 비디오 촬영을 중단했다. 고래 모양 쿠션을 흔들고 있던 아란이 지호에게 핀잔을 줬다.

"야, 연습 끝나고 연락하라 그래."

아란의 구박에 지호가 핸드폰을 집었다. 발신자를 보고 망설이는가 싶던 지호가 결국 핸드폰 전원을 껐다. 자옥이 끊어진 부분부터 다시 촬영을 하기 시작했다.

바다 끝은 하늘과 맞닿아 있다. 부르카 유랑단은 바다의 끝, 하늘의 시작점에서 녹슬어 있는 행성 대관람차를 마주친다. 새로 여행을 떠나자, 누군가의 제안에 3333년, 부르카 유랑단이 바퀴 달린 행성 대관람차를 타고 우주를 여행한다…….

　촬영을 마친 넷은 무대 위에 머리를 맞대고 드러누웠다. 천장에 달린 형광등 불빛이 바다를 비추는 태양이라도 된 것 같았다. 아란이 갑자기 좋은 아이디어가 떠올랐다는 듯, 벌떡 일어나 앉으며 말했다.
　"그러지 말고, 우리가 직접 팬들을 만나는 건 어때?"
　아란의 머릿속에선 뮤직비디오 시청자들이 어느새 열혈 팬이 되어 있었다.
　"어떻게?"
　"버스킹을 해 보는 거야."
　지호의 물음에 아란이 기다렸던 것처럼 대답했다.
　"연습 시간도 부족한데 그런 거 할 시간이 어딨니?"
　자옥이 일어나 앉으며 반대 의견을 제시했다. 피곤에 절은 자옥의 입술에 마른 딱지가 달라붙어 있었다.
　"실전 연습이라고 생각하면 되지."
　아란과 자옥이 다시 팽팽하게 맞붙었다. 어느 한 명도 물러설 기미가 보이지 않았다. 결국 다수결로 결정하기로 했다. 버스킹에 찬성하는 사람은 손을 들라는 아란의 말에, 자옥을 제외한 두 명이 쭈뼛거리며 손을 들었다. 의기양양한 아란이 자옥의 어깨에 팔을 둘렀다.

"그럼 다음 주에 버스킹 하는 거다."

아란의 저돌적인 공세에 자옥이 졌다는 듯 두 손을 들어올렸다. 자옥이 입술의 마른 딱지를 손으로 떼어냈다. 돌리와 지호가 그 모습을 보며 웃었다.

기타-아란

아란은 서서 자기 교실 책상을 내려다보았다. 책상 위에 물기 젖은 걸레가 자기 자리인 양 놓여 있었다. 걸레에서 스며 나온 물이 책상을 넘어 바닥까지 떨어졌다. 아란은 주위를 둘러봤다. 다음 시간이 체육이라, 아이들은 옷을 갈아입기에 바빠 보였다.

"누가 이랬어?"

아란이 조용히 물었다. 아무도 대답이 없었다.

"누가 이랬냐고!"

있는 힘껏 소리를 질렀다. 몇몇이 뒤를 돌아봤다. 아이들은 아란과 걸레를 쳐다만 볼 뿐, 누구도 나서지 않았다. 걸레를 손끝으로 집었다. 물이 뚝뚝 떨어졌다. 하얀색 운동화 앞코가 검게 물들었다. 걸레를 교실 뒤편에 위치한 쓰레기통에 넣었다. 걸레가 둔탁한 소리를 내며 바닥으로 굴러떨어졌다. 조용하던 주위가 도로 소란스러워졌다. 체육복으로 갈아입은 아이들이 웃으며, 혹은 수다를 떨며 밖으로 나갔다. 마치 아무 일도 없었다는 듯이.

지난 주에는 필기 도구가 없어졌고, 또 며칠 전에는 가방에 낙서가 되어 있었다. 잠시 물 뜨러 다녀온 사이 급식에 지우개 가루가 뿌려져 있던 적도 있었다. 카레 위에 파마산 치즈처럼 뿌려진 그것을 아란은 오래 들여다봤다. 세라 패거리가 주동한 게 분명했다. 주위를 원으로 둘러싼 아이들이 팔짱을 낀 채 반응을 기다리고 있었다. 아란은 숟가락을 들어 꾸역꾸역 입안에 밀어넣었다. 아이들 사이에서 와, 하는 감탄사가 터져나왔다. 잘 먹었습니다, 밥을 다 먹은 아란은 평소와 다름없이 인사를 했다. 입에서 텁텁한 고무 맛이 느껴졌다.

멀리서 호루라기 소리가 들렸다. 아란은 맨 마지막으로 교실에서 나갔다. 민머리 체육샘이 빨리 오라고 잔소리를 했다. 허둥거리며 하얗게 그어놓은 선 안으로 들어갔다. 피구가 시작되었다. 아란은 고개를 돌려 주위를 살펴봤다. 같은편에 선미의 모습이 보였다. 선미는 수비 진영에 서서 옆에 선 아이와 얘기를 나누고 있었다. 여전히 밝은 얼굴이었다. 그날 이후로 학교에서 대화를 나눠 본 적은 없었다. 서운하지는 않았다. 어차피 학교에선 누구와도 말을 하지 않는 게 습관이 되어 있었으니까. 혹시라도 방과 후 레코드점에서 다시 만날 수 있다면 좋겠다고 생각만 할 뿐이었다.

앞을 보며 준비 자세를 취했다. 반대편 팀에 긴 생머리를 하나로 묶은 세라가 서 있었다. 큰 키에 늘씬한 몸, 가늘면서도 탄력 있어 보이는 종아리가 건강해 보였다. 부잣집 외동딸에 성적도 상위권을 다투는, 누구나 부러워하고 말을 걸고 싶어하는 세라의 모습이었다. 시선을 느낀 세라가 눈을 들어 아란을 빤히 쳐다봤다. 차가워 보이는 눈빛이 고드름처럼 날카로웠다. 아란은 세라의 눈길을 피하지 않았다. 이기겠다는 생각은 없었다. 그저 자신의 영역을 방어할 뿐이다. 아란은 정비를 가다듬었다. 공에 맞지 않으려면 집중해야 했다. 땅에 발을 단단히 고정했다. 경기 시작을 알리는 호루라기가 울렸다.

아란은 공을 피해 열심히 뛰어다녔다. 때로는 공을 잡아 상대편을 맞추기도 했다. 몇 차례 위기도 있었지만 아란은 잘 넘겼다. 어느새 선 안에는 몇 명 남지 않았다. 조금만 더 버티면 승리까지 노릴 수 있을지도 몰랐다. 생각보다 흥미진진한 경기에, 지켜보던 아이들이 어어, 하며 열을 올렸다.

아란 팀에서 던진 공이 하늘로 뜨는가 싶더니 힘없이 밑으로 내려왔다. 반대편 세라가 공을 잡았다. 아이들이 공을 피해 흩어졌다. 아란도 도망치려다 말고 그 자리에 섰다. 아까부터 세라의 공이 아란에게 집중적으로 쏟아지고 있었다. 웬일인지 이번엔 피하고 싶지 않았다. 세라가 공을 들고 앞으로 다가왔다. 똑바로 공이 날아왔다. 아란이 손을 내밀었다. 공은 아란의 손끝에 닿았다가 그대로 팅겨 나가려 했다. 공을 향해 몸을 날렸다. 그 순간, 세라도 공을 잡으려고 덤벼들었다. 둘이 순식간에 뒤엉키는가 싶더니 세라가 먼저, 그 다음 아란이 차례로 크게 넘어졌다. 발이 꼬이면서 체육복 바지 끝단을 밟았다. 바지가 흘러내렸다. 이번엔 엘사 캐릭터 팬티였다. 어김없이 아이들의 웃음이 터졌다.

무릎이 쓰라렸다. 아무래도 피가 난 것 같았다. 엎드린 채로 아란은 주위를 올려다보았다. 아이들이 웃고 있었다. 지루한 학교 생활에 재미난 구경거리라도 생긴 것처럼, 마치 서커스에 나오는 동물 쇼를 보듯이. 누구도 괜찮냐고 물어오는 아이는 없었다.

"뭐야, 짜증 나. 찐따 때문에 이게 뭐야."

난희와 다영이 세라를 부축해 일으켜 세웠다. 아란은 무릎을 감싸며 일어났다. 세라가 차갑게 돌아서더니 걷기 시작했다. 고고한 백조처럼, 언덕 위에 서 있는 높다란 성처럼 감히 다가가지 못할 듯한 모습이었다. 공부도 잘하고 선생님들의 사랑을 독차지하고 친구도 많은, 나와 정반대인 세라의 모습. 아이들의 웃음소리는 그치지 않았다. 아란은 구경꾼들 속에서 선미의 모습을 찾았다. 선미는 웃고 있었다. 다른 아이들과 마찬가지로, 평범하게. 속에서 무언가가 올라왔다. 임계점을 넘어버린, 뜨거운 물이 끓는 주전자처럼.

종아리를 절룩거리며 달려가 세라의 머리카락을 쥐어뜯었다. 세라의 머리끈이 끊어지고 긴 생머리가 흩날렸다. 세라의 비명에 난희와 다영이 달려들었다. 운동장은 순식간에 아수라장이 되었다. 말리려는 아이들과 구경하는 아이들이 한데 몰려들어 원을 그렸다. 그늘에서 쉬고 있던 체육샘이 뒤늦게 사태 파악을 하고 달려왔다. 체육샘이 세라와 아란의 가운데에서 둘을 중재하려고 노력했다. 그럴수록 아란은 세라에게 더 엉겨붙었다. 담벼락을 완전히 감싸 한몸이 되어버린 담쟁이처럼.

갑자기 하늘에서 물방울이 하나 둘, 떨어졌다. 소나기였다. 아란은 차가운 감각에 정신이 들어 손을 뗐다.

"찐이 찐 같은 짓 하고 있네."

주근깨 난희가 경멸스럽다는 듯 소리를 질렀다. 산발이 된 세라가 울음을 터뜨렸다. 아이들이 아란을 질렸다는 듯, 혹은 공포스럽다는 듯 쳐다봤다. 아란은 더이상 그 속에서 선미를 애써 찾지 않았다.

그래, 나 찐이었지. 그걸 잊고 있었다.

아이들이 비를 피해 교실로 뛰어들어갔다. 아란은 자신의 손을 내려다봤다. 한 움큼 뽑힌 머리카락이 풀어진 실밥처럼 흐물거렸다. 왜 그랬을까. 그런다고 내가 세라가 되는 것도 아닌데. 머리카락을 손에 쥔 채로 아란은 하늘을 올려다봤다. 교복 치마에서 바닐라맛 풍선껌을 꺼내 씹었다. 벌어진 입속으로 물이 들어왔다. 아무 맛도 느껴지지 않았다. 아란은 알 것 같았다. 아무리 씩씩하게 굴어도, 자신이 찐따라는 건 영원히 변하지 않는 사실이라는 걸.

노래-돌리

스튜디오는 생각보다 찾기가 쉽지 않았다. 대로변에서 약국을 끼고 돌아 골목으로 들어서고도 10분 이상을 헤매야 했다. 평범한 가정집들 사이에 위치한 4층짜리 건물을 발견하고, 돌리는 겨우 한숨을 돌렸다. 2층 창문에 테이프로 덕지덕지 붙인 것인지 'HYH엔터테인먼트'라는 글자가 작게 붙어 있었다. 돌리는 계단을 올라갔다. 안에서 희미하게 음악소리가 들렸다. 심장이 주체할 수 없이 뛰었다. 주저하다 문을 열었다.

"왔어? 이리 와서 앉아."

한쪽 구석 소파에 앉아 잡지를 보고 있던 임 실장이

반겼다. 실내에는 임 실장 외에도 카메라맨으로 보이는 남자가 한 명 더 있었다. 어색하게 인사를 나눈 뒤 주위를 둘러봤다. 스튜디오 중앙엔 하얀 천 같은 게 쳐져 있었고, 가운데엔 로즈메리 화분이 놓여 있었다. 오른쪽에는 컴퓨터와 낡은 가죽 소파가 위치해 있었고, 왼쪽에는 촬영에 사용될 소품들이 널려 있었다. 조금 휑해 보이는 것 빼고는 여느 스튜디오와 다를 바 없어 보였다. 돌리는 소파에 주춤거리며 앉았다. 임 실장이 차를 내왔다.

"잘 왔어."

임 실장이 감격한 듯한 표정을 지으며 대뜸 돌리의 손을 잡았다. 돌리는 깜짝 놀라 손을 뺐다.

"그래, 이름이 뭐라고? 둘리? 우리 어렸을 때 보던 만화 주인공 이름이네."

"돌리……."

돌리가 얼떨떨한 와중에도 이름을 정정했다.

"아, 그래 돌리."

임 실장이 빈손을 내려다보며 말을 이었다. 알파벳 M자를 그린 이마가 형광등 불빛 아래에서 두드러졌다.

"우리 엔터테인먼트는 글로벌한 세계 시장 진출을 목표로 뛰어난 아티스트 발굴에 힘을 쏟고 있지."

돌리는 고개를 끄덕이며 안고 있던 가방을 발밑으로 내렸다. 임 실장의 말에 귀를 기울였다. 딱히 와닿지는 않았지만, 아무튼 좋은 말 같아 보였다.

"1차로 여기서 오디션을 보고, 마음에 들면 본사에서 정식으로 인터뷰 요청을 할 거야."

임 실장이 말을 계속하며 돌리에게 밀착해 왔다. 고르지 못한 임 실장의 숨소리가 가까이서 들렸다. 돌리는 살짝 옆으로 자리를 옮겼다. 소파가 비좁게 느껴졌다.

"우선 간단한 카메라 테스트를 해 보자."

소파 오른쪽에 서 있던 카메라맨이 다가왔다. 배구공만큼 큰 얼굴에 듬성듬성 난 턱수염이 지저분해 보였다. 카메라맨이 미소를 지었다. 오른쪽 이빨에 박힌 금니가 반짝였다. 돌리는 저도 모르게 몸을 가볍게 떨었다.

"이걸로 갈아입을래?"

임 실장이 옷을 내밀었다. 돌리는 옷을 받아들고 고개를 갸우뚱했다. 강아지 옷인가 싶을 정도로 터무니없이 짧은 슬립이었다. 패드가 덧대어진 가슴 부분은 유난히 강조가 되어 있었고, 어깨 끈은 금방이라도 끊어질 듯 얇고 빈약했다. 돌리는 어떻게 해야 할지 결정하지 못하고 망설였다. 임 실장이 미소를 지으며 재촉했다.

"당당한 아름다움, 주체적 섹시라고 너도 들어봤지?"

돌리는 얼떨결에 고개를 끄덕였다. 한숨을 길게 쉬었다. 그래, 이 정도쯤이야. 간이 탈의실에서 목까지 올라오는 스웨터와 청바지를 벗고 슬립으로 갈아입었다. 싸늘한 공기가 그대로 맨살에 느껴졌다. 절로 몸이 움츠러들었다.

"아이고, 예쁘다. 당장 데뷔해도 되겠어."

돌리의 모습을 보고 임 실장이 호들갑을 떨었다. 그 말이 듣기 좋으면서도 기분이 묘했다. 돌리는 흰 천이 드리워진 중앙에 가서 섰다. 카메라를 마주보자 진짜 방송국에 와 있는 것 같았다. 그런데 오디션이라면서 노래는 언제 부르는 거지. 춤도 보여 줘야 하는데…….

"그렇지. 자, 팔을 벌리고…….”

카메라맨이 셔터를 누르며 지시했다. 불빛이 너무 밝아 눈이 부셨다. 돌리는 최선을 다해 카메라맨이 요구하는 포즈를 취했다. 임 실장이 옆에서 예쁘다, 예쁘다, 칭찬을 계속했다.

"이번엔 슬립을 조금만 더 내려볼래?"

"네?"

사진을 찍은 지 얼마 지나지 않아 카메라맨이 새로

운 자세를 요구했다. 돌리는 머뭇거리다 어깨끈 한쪽을 약간 내렸다. 임 실장이 미소를 지으며 예쁘다, 예쁘다 소리를 반복했다. 수상쩍은 요구는 점점 다양해졌다. 허벅지 부분에 밀착된 슬립을 위로 걷어 봐라, 다리를 좀 더 올려 봐라, 상체를 숙여 봐라…….

돌리는 무언가 잘못되고 있다는 걸 느꼈다. 슬립의 마지막 어깨끈까지 내려보라는 지시를 받았을 때, 돌리는 돌처럼 굳어버렸다. 속았다. 번개 같은 깨달음이 스쳐 지나갔다. 양팔에 닭살이 돋았다. 아무런 의심도 하지 않고 여기까지 온 자신이 원망스러웠다.

"왜 그래?"

은테 안경을 올리면서 임 실장이 물었다. 돌리는 입술을 깨물었다. 위기를 벗어나야 했다. 돌리는 무슨 말인지 못 알아듣겠다는 표정으로 고개를 흔들었다. 무슨 일이냐며 임 실장과 카메라맨이 다가왔다. 돌리는 뒷걸음질쳤다. 소파 바닥에 놔뒀던 가방을 손에 들었다.

"저, 한국말 못해요."

"무슨 소리야?"

저 한국말 못해요. 돌리는 계속 그 한 문장만을 반복하며 출입구 쪽으로 슬금슬금 다가갔다.

"갑자기 왜 그래?"

임 실장과 카메라맨이 심상치 않은 눈짓을 주고받는 게 느껴졌다. 촬영을 위해 벗었던 운동화를 맨발에 꿰어 신었다. 둘이서 돌리를 향해 무서운 기세로 달려들었을 때, 돌리는 문을 열고 줄행랑을 쳤다. 골목을 돌아 처음 왔던 길을 더듬어 달리고 또 달렸다. 큰길까지 나와서야 달리기를 멈췄다. 그제야 숨을 골랐다. 지나가는 사람들이 슬립 차림으로 정신없이 뛰는 돌리를 이상하게 쳐다봤다. 긴장한 데다 힘껏 달려서 그런지 다리가 후들거렸다. 보도블록 위에 걸터앉았다. 참았던 눈물이 터져나왔다. 애써 한 화장이 번졌지만 아무래도 상관없었다. 돌리는 가방에서 부르카를 꺼내 슬립 위에 뒤집어쓰고 터덜터덜 걸었다. 오른쪽 운동화 바닥에 작은 돌멩이가 서걱거렸다. 바람이 차갑게 부르카 자락을 건드렸다.

집으로 돌아가는 길이 유난히 길게 느껴졌다. 현관문을 열었을 때, 집 안은 어두웠다. 어둠 속에 검은 실루엣이 보였다. 조심히 불을 켰다. 아빠가 등을 보이며 서 있었다.

"……아빠?"

아빠가 뒤를 돌아봤다. 돌리를 보는 두 눈에서 표정을 읽을 수 없었다. 아빠가 손가락을 들더니 주방의 식탁쪽을 가리켰다. 돌리의 눈이 손가락을 따라갔다. 식탁 위에는 노트북이 켜져 있었다. 본능적으로 더 큰 일이 벌어졌다는 것을 알 수 있었다.

아빠가 알아차렸구나.

돌리가 SNS에 올린 동영상이며 사진들이 노트북의 배경화면처럼 나타났다. 찢어진 청바지에 하얀 민소매 티를 입고 춤을 추는 모습, 화장을 하고 노래를 부르는 모습, 긴 머리카락을 휘날리며 브이로그를 찍는 모습……. 돌리는 아무 말도 하지 못하고 큰 눈을 깜박거렸다. 아까 울어서인지 눈두덩이 부어 있었다.

아빠가 성큼성큼 돌리에게 다가왔다. 마치 거대한 바위가 움직이는 것 같다는 생각이 들었을 때였다. 머리에서 불꽃이 번쩍, 일었다. 왼쪽 뺨이 불에 덴 듯 화끈거렸다. 돌리는 깜짝 놀라 벌겋게 달아오른 자신의 뺨을 손바닥으로 감쌌다.

"왜 부르카를 입지 않는 거냐."

아빠의 목소리가 물에 잠긴 닻처럼 무거웠다.

"우리는 종교와 전통을 지킬 의무가 있어."

늘 듣던 똑같은 말이었다. 평소라면 아무 말도 하지 않겠지만, 돌리는 안에서 뭔가가 끓어오르는 것을 느꼈다. 더이상 이렇게 살 수는 없었다. 돌리는 아빠를 똑바로 쳐다봤다.

"여긴 한국이에요, 아빠."

"그래서 어떻다는 거냐?"

"나도 다른 애들처럼 자유롭게 살고 싶어요."

"부르카를 입는 것도 자유야."

돌리는 한숨을 쉬었다. 뛰어넘기엔 너무 커다란 벽을 마주친 것 같았다. 하지만 이대로 물러설 순 없었다. 어딘가에 빠져나갈 수 있는 구멍이 있을지도 몰랐다. 돌리는 한발 더 나아가기로 했다.

"아빠. 전, 가수가 되고 싶어요."

아빠가 돌리를 쳐다봤다. 차마 들어서는 안 될 끔찍한 비밀을 듣게 된 사람처럼, 표정이 무섭게 일그러져 있었다.

"너도 네 엄마처럼 되고 싶은 거냐?"

"엄마가 어때서요?"

"뭐라고?"

"엄마는 그저 불행한 사고를 당한 것뿐이에요. 히잡

197

때문이 아니라, 운이 나빴죠."

그 말에 아빠는 아무 말도 하지 않았다. 더이상 들을 가치가 없다는 듯한 표정이었다. 무거운 침묵이 흘렀다.

"다시 인도로 돌아가야겠다."

아빠가 입을 열었다. 마치 돌리가 한국에서 물이 잘 못 들었다는 듯한 표정이었다. 돌리는 아빠의 눈을 바라봤다. 도도히 흐르는 갠지스강의 탁한 물결처럼 회색 눈동자가 흔들렸다. 제발……. 돌리는 애원하며 아빠의 손을 잡았다. 아빠가 손을 뿌리쳤다. 아빠는 끝내 자신만의 전통을 지킬 모양이었다.

"네 방으로 들어가라."

"아빠 제발……."

아빠가 손가락으로 돌리의 방을 가리켰다. 돌리는 무거운 발걸음으로 방으로 들어왔다. 쉴 새 없이 눈물이 흘러내렸다. 벽에 붙은 거울을 봤다. 부르카 때문에 눈물이 보이지 않았다. 책상에서 엄마의 사진을 꺼냈다. 사진 속 엄마는 환하게 웃고 있었다. 누구보다도 행복하고 자유롭게. 하지만 엄마는 이제 없다. 자신의 꿈도 재가 되어 날아갈 것이다. 돌리는 힘없이 방바닥에 주저앉았다. 숨막히게 조용한 방 안에 시곗바늘 소리만 울려퍼졌다.

여섯 번째 합주

아란이 여러 번 전화를 걸었지만 돌리는 전화를 받지 않았다. 한 번도 연습에 빠진 적이 없던 돌리였다. 그런 돌리가 버스킹을 하기로 한 장소에 나타나지도 않고 연락도 되지 않다니 모두들 이게 무슨 일인가 싶었다. 어디로 갔는지 짐작가는 데도 없었다. 꼼짝없이 보컬도 없이 버스킹을 해야 할 판이었다. 그렇다고 약속한 공연을 취소할 수도 없었다. 경비 아저씨에게 공원 청소를 조건으로 사정해서 얻어낸 자리였다. 어떻게든 버스킹은 성공해야만 했다.

버스킹 장소로 잡은 곳은 작은 공원이었다. 홍대로

진출하자는 야심찬 아란의 계획은 현실주의자 자옥에 의해 무산되었고, 동네에서 그나마 사람이 많이 모이는 곳에서 버스킹을 하기로 했다. 다행히 주말 오후의 공원에는 사람들이 제법 모여 있었다. 부르카 유랑단이 한쪽 구석에서 장비를 세팅하는 동안, 앞에서는 스트리트 댄스 공연이 한창이었다. 현란한 동작과 댄스 기술에 사람들은 감탄하며 박수를 보냈다. 환호소리에 부르카들은 저절로 힐끔힐끔 그쪽을 쳐다보았다.

댄스 공연이 끝나고 부르카 유랑단 차례가 되었다. 셋은 다이아몬드 대열로 섰다. 아란이 기타 케이스를 열어 모금함으로 만들었다. 드럼도, 보컬도 없는 것이 아쉬웠지만 어쩔 수 없었다. 지금, 이 순간에 최선을 다하는 수밖에. 막상 낯선 모인 사람들 앞에서 공연을 하려니 떨렸다. 부르카를 쓰고 있는데도 그랬다. 아란이 리더 역할을 하며 분위기를 띄우려 애썼다.

"에, 첫 번째 곡은……"

아란이 다음 멘트를 생각하며 머리를 굴리고 있는데, 신호도 없이 베이스가 먼저 치고 들어갔다. 어쩔 수 없이 기타와 키보드가 그 뒤를 따랐다. 부르카를 쓰고 있어 신호를 교환할 수도 없었다. 크랜베리스(Cranberries)

의 'Dreams'와 'Zombie'를 연주하고, 데이식스의 '한 페이
지가 될 수 있게'나 '예뻤어' 같은 달달한 곡도 연주했다.
보컬이 없어 세 명이 돌아가며 노래를 불렀다.

"엄마 저게 뭐야?"

공원에 초등학생으로 보이는 아이들이 하나둘씩 나
타나기 시작했다. 좋지 않은 징조였다.

애들은 가라.

아란은 약장수처럼 속으로 중얼거리며 눈을 질끈 감
았다. 아이의 엄마가 주의를 줬지만 거기에 굴할 녀석들
이 아니었다. 마음 같아서는 꿀밤이라도 한 대 쥐어박고
싶었지만 그럴 수도 없었다. 셋은 악기에서 손을 떼지 못
하고, 녹슨 기계처럼 곡을 연주했다. 한 아이가 무대 뒤
편으로 돌아가더니 키보드를 치고 있는 지호의 부르카를
들췄다.

"아이스께끼."

그 기세에 놀라, 지호의 키보드에서 음이탈이 났다.
구경꾼 중 한 명이 귀를 막았다. 조화롭게 흘러가던 음악
이 흐트러졌다. 박자도 음정도 제각각으로 놀았다. 흥미
가 없어졌는지 사람들이 하나둘씩 떠나기 시작했다. 뭔
가 새로운 전환점이 필요했다. 다급해진 아란이 승부수

를 던졌디.

"이번에는 저희들의 자작곡입니다."

그 소리에 떠나던 몇몇이 흥미를 느끼고 머물렀다.
괜찮겠어? 자옥이 속삭였다. 아란이 고개를 끄덕였다. 몇
달간 같은 곡만 연주했으니 다른 카피곡들보다는 상태가
나을 터였다. 아이들은 시끄럽게 뛰어다니고, 공원 한구
석에서는 아저씨들이 담배를 피우고, 경비 아저씨는 팔
짱을 끼고 언제 끝날지 기다리고 있고, 어수선한 분위기
속에서 연주가 시작되었다.

아란이 기타 솔로로 분위기를 띄울 때였다. 원래대
로라면 이 대목에서 사람들의 박수가 나와야 했지만, 사
람들의 반응이 시원치 않았다. 초조해진 아란은 좀더 화
려한 기술을 선보이기로 했다. 흥분을 해서인지 속도가
점점 빨라졌다. 자옥이 베이스로 박자를 잡아 주려 했지
만, 연주는 이미 산으로 가고 있었다. 기타 연주가 절정으
로 치닫는 순간,

"시끄러워!"

한 아저씨가 소리를 쳤다. 서슬에 놀라 연주가 중단
되었다. 벤치에서 신문지를 덮고 자던 노숙자였다. 놀란
사람들이 썰물처럼 빠져나갔다.

해체 직전의 밴드도 이런 끔찍한 공연을 하지는 않을 것이다. 셋은 절망감으로 고개를 숙이고 주저앉았다. 짤랑, 맑은 소리가 울렸다. 셋은 힘없이 고개를 들었다. 노숙자 아저씨가 100원짜리 한 개를 기타 케이스에 떨어뜨렸다.

"이 구역엔 이제 오지 마."

악기를 챙겨들고 철수하는데, 한쪽에서 핸드폰 진동이 계속 울렸다. 아란이 지호에게 핀잔을 줬다.

"야, 버스킹 끝나고 연락하라 그래."

아란의 구박에 지호가 핸드폰을 집었다. 발신자를 보고 망설이는가 싶던 지호가 핸드폰을 청바지 주머니에 집어넣었다.

"야, 지호!"

아란이 외쳤다. 또다시 진동 소리가 울렸다. 혹시나 싶어 핸드폰을 집어들었던 지호가 말했다.

"내 폰 아닌데?"

다행이라는 듯 지호가 가슴을 쓸어내렸다. 셋은 소리가 난 곳을 추적했다. 이번엔 자옥의 전화였다. 자옥이 머쓱해하며 가방에서 전화를 꺼내 받았다. 자옥이 수화기 너머의 소리를 조용히 듣고 있었다. 통화가 길어졌다. 아란이 단물 빠진 풍선껌을 다시 씹었고, 지호는 머리카락을 배배 꼬았다. 통화를 끝낸 자옥의 얼굴이 핏기가 가신 것처럼 창백했다.

"나, 가 봐야 할 것 같아."

자옥이 가방을 챙겨 일어섰다. 아란과 지호는 무슨 일이냐고 묻지도 못하고 멍하니 자옥을 바라봤다. 자옥이 인사도 하지 않고 황급히 문을 열고 사라졌다. 아란이 핸드폰을 들여다봤다. 돌리에게서는 아직도 연락이 없었다. 가슴 속에 먹구름이 끼는 것 같았다. 광장이 텅 비었다.

괜찮은 걸까, 둘 다…….

베이스-자옥

자옥은 잠든 할머니의 모습을 바라보고 앉아 있었다. 종합병원 8인실 침대에서, 할머니는 이불을 목까지 덮고 누워 있었다. 병원은 누워 있는 환자와 왔다갔다하는 보호자, 주기적으로 병실을 체크하러 오는 간호사들과 꺼지지 않는 TV 소리 같은 것들로 시끄러웠다. 커튼을 친 할머니의 침대만이 남들과 다른 세상에 와 있는 듯 조용했다. 열어 둔 창밖으로 가는 비가 떨어졌다.

수술이 필요하다고 말하는 의사의 말투는 덤덤했다. 리어카를 끌고 가던 할머니는 허리를 크게 다쳤다. 역시나 타이어가 말썽이었다. 바람 빠진 한쪽 바퀴 때문에 균

형이 맞지 않던 리어카는 내리막길에서 중심을 잃고 굴렀고, 그것을 막으려던 할머니는 리어카의 무게를 이기지 못하고 깔리고 말았다. 마침 지나가던 청소부가 발견해 응급실로 실려왔다. 공원에서 버스킹을 하던 자옥도 연락을 받고 병원으로 뛰어왔다. 의사는 당장 수술을 하자고 했다. 할머니는 수술은커녕 퇴원하겠다고 고집을 부렸다. 그런 할머니를 말리면서도, 자옥은 할머니가 왜 그러는지 알 수 있었다. 돈, 때문이었다.

할머니는 말했다. 한의원에 가서 침 몇 번 맞고 물리치료 받으면 말끔히 나을 거라고. 그러니 너무 걱정 말라고. 자옥은 울면서 고개를 저었다. 터무니없다는 것을 알면서도, 믿지 않아도 믿고 싶었다. 꿈이라도 꾸고 싶었다. 그것이 지금, 자옥이 할 수 있는 전부였다.

"할머니, 나 갈게."

자옥은 자리에서 일어섰다. 잠이 깊이 든 것일까, 할머니는 반응이 없었다. 자옥은 할머니를 물끄러미 바라보다 병실을 나섰다.

어둠이 내리기 시작한 골목길에는 지나는 사람이 없었다. 차가운 빗방울이 옷 속으로 스며들었다. 자옥은 우산도 쓰지 않은 채로 천천히 걸음을 옮겼다.

"돈 좀 빌려주세요."

아르바이트 가게에 들어와, 자옥은 계산대에서 현금을 세고 있는 사장에게 무작정 말했다. 추운 날씨 때문인지 가게 안에 손님은 몇 명 있지 않았다. 사장이 별 황당한 말을 들었다는 듯 자옥을 바라봤다.

"할머니가 다쳤어요. 수술을 해야 하는데……."

사장은 아무 말도 못 들었다는 듯 자옥에게서 눈길을 거두고 다시 돈을 세기 시작했다. 추위 때문인지 비 때문인지 몸이 떨려왔다. 맞잡은 두 손이 얼음장처럼 차가웠다. 머리카락을 타고 빗물이 흘러내렸다. 코트 아래로 물이 뚝뚝 떨어졌다. 계산을 마친 돈을 챙기며 사장이 자리에서 일어섰다. 자옥은 사장을 바라봤다. 사장이 자옥의 눈을 피했다. 사장이 문을 열고 밖으로 나갔다. 마치 아무도 보지 못했다는 듯이, 아무 소리도 듣지 못했다는 듯이. 자옥은 고개를 떨어뜨렸다. 축축해진 대리석 바닥이 얼룩처럼 검게 번져 있었다.

집에 도착한 자옥은 방에 들어와 침대 밑에 숨겨놨던 상자를 꺼냈다. 저번에 넣어뒀던 스노우볼 아래로, 아르바이트비와 틈틈이 모아놓은 돈이 들어 있었다. 자옥은 돈을 세어 보았다.

이걸로는 아무 것도 할 수 없다.

자옥은 무릎을 끌어당겨 앉았다. 할머니의 수술비를 마련하려면, 이 정도로는 어림도 없을 것이다. 폐지를 주운 돈으로는 마련할 수 있을까. 그동안 저축해 놓은 돈으로는, 경연대회에서 상금을 탄다면 또 어떨까. 자옥은 옅은 한숨을 쉬며 고개를 흔들었다. 그 모든 걸 다 합친대도, 지금 이 상태를 벗어날 수 없을 것 같았다. 아무것도할 수 없다. 어디에도 갈 수 없다. 자옥은 상자에서 스노우볼을 꺼내 흔들었다. 동그랗고 작은 세계 안에 하얀 눈이 내렸다.

사루비아 무인모텔 앞에서 자옥은 부르카를 쓴 채서성댔다. 어설픈 화장과 하이힐을 부르카 속에 감춘 채였다. 덕분에 홍시처럼 달아오른 얼굴을 들키지 않을 수있었다. 하이힐 굽으로 땅을 파고 있는데, 30미터 앞에서한 남자가 걸어왔다. 자옥은 부르카 속에서 남자의 모습을 훑었다. 뚱뚱한 몸에 머리카락이 나이보다 일찍 벗겨진 듯한, 30대 중반 정도로 보이는 남자였다. 자옥은 머뭇거리다 남자에게 말을 걸었다.

"달려라토끼님 맞으시죠?"

"맞는데. 왜 이러고 있어?"

남자가 부르카를 쓴 자옥을 꺼림칙하게 쳐다봤다.

"들어가요."

자옥이 앞장섰다. 7센티미터 힐을 신은 발이 걸을 때마다 욱신거리며 아팠다. 자옥은 넘어지지 않으려 조심조심 걸었다. 주차장을 지나 모텔 후문으로 들어갔다. 모텔은 허름했다. 벽에는 촌스러운 꽃무늬 벽지가 잔뜩 붙어 있었고 바닥에는 정체 모를 붉은 카펫이 깔려 있었다. 좀 더 좋은 데로 갈 걸, 생각하다 이내 털어버렸다. 남자가 다가오더니 어깨에 손을 올려놓으려 했다. 자옥은 살짝 몸을 피해 엘리베이터 버튼을 눌렀다. 골골대는 소리를 내며 엘리베이터 문이 열렸다.

3층에서 내려 302호로 들어섰다. 처음 와 본 모텔 방은 낯설어 더 무서웠다. 창문 하나 없는 방에 퀸 사이즈 침대는 중앙에 자리잡고, 벽에는 TV가 걸려 있었다. 침대 왼쪽에는 구색만 갖춘 듯한 컴퓨터가 탁자 위에 위치했고, 소파가 있는 곳에는 재떨이가 놓여 있었다. 자옥은 몸둘 곳을 찾지 못하고 방 안을 이리저리 왔다갔다 했다.

탁, 하고 문이 닫히는 소리가 났다. 자옥은 뒤를 돌아봤다. 남자가 머리를 긁적이며 웃고 있었다. 상어처럼 뾰족한 이빨을 보이며 웃는 태도가 능글맞았다. 그제야 이 곳에 온 이유가 실감이 났다. 긴장한 탓인지 부르카를 뒤집어쓴 등덜미에 땀이 솟았다. 자옥은 신발도 벗지 않고 그대로 서 있었다. 남자가 침대에 걸터앉더니, 손을 뻗어 자옥의 부르카를 잡으려 했다. 자옥은 문 쪽으로 한 발짝 뒤로 물러났다.

"뭐해?"

남자가 말했다. 자옥은 한숨을 크게 쉰 후, 부르카를 벗어던졌다. 급하게 구해 입은 미니스커트가 허벅지를 덮을 듯 말 듯했다. 인조 속눈썹을 붙인 눈을 크게 한 번 감았다 떴다. 침대에 앉아, 뱃살을 드러낸 채 웃고 있는 남자가 보였다. 변한 건 없었다. 방 안의 풍경도, 자옥을 둘러싼 여전한 현실도.

"생각보다 어려 보이네?"

남자가 기분이 좋은지 계속 웃으며 이빨을 드러냈다. 저 날카로운 이빨에 찔리면 심장이 터져 죽을지도 모른다. 자옥은 한 손으로 다른 팔을 잡은 채로 생각했다. 이제 막 들어와서인지 난방이 안 된 방은 싸늘했다. 갑자기 눈물이 날 것만 같아, 자옥은 눈을 내리깔았다. 투명한 대리석 바닥 위로 자신의 모습이 반사되었다.

"몸매도 좋고, 흐흥."

남자가 쉴 새 없이 떠들어댔다. 지금 여기서 무엇을 하고 있는 것일까. 자옥은 벗어던진 부르카를 손에 꽉 쥐었다. 남자가 자옥의 얼굴을 자세히 훑어봤다.

"어, 근데 뭐야? 잡종이네?"

자옥은 꿈에서 깨어난 듯 고개를 한번 세차게 흔들었다. 그 순간 자옥은 자신이 가고자 했던 엄마의 나라, 베트남을 떠올렸다. 따뜻한 햇살과 기분 좋은 공기, 얼굴을 스치고 지나가는 포근한 바람까지. 아오자이를 입은 소녀들과 입맛을 돋게 하는 쌀국수, 시끄러운 오토바이 소리, 그리고 바다. 어서 들어오라는 듯 손짓해 부르는 파도와 솜털처럼 가는 모래, 해변의 사람들……. 그곳에서 보사노바 음악을 들으며 춤을 출 것이다. 자옥은 오른쪽 발을 올렸다. 남자가 입을 벌리고 멍하니 쳐다봤다. 자옥은 남자의 중요 부위를 하이힐로 강하게 찍었다. 생각지 못했던 갑작스러운 공격에 놀란 남자가 중요 부위를 움켜쥐고 비명을 질러댔다.

자옥은 부르카를 걸치고 뛰쳐나왔다. 자정의 신데렐라처럼, 구두도 벗은 채 맨발 차림이었다. 모텔을 나와 골목을 돌았다. 길을 달리고 또 달렸다. 육교를 지나고 신호

등을 건넜다. 발바닥에 와닿는 아스팔트가 차가웠다. 머릿속은 온통 따뜻한 남쪽 나라 생각뿐이었다. 자옥은 한참을 달린 뒤, 도로에 서서 입김을 불었다. 보도블록에 일렬로 세워진 은행나무에서 잎이 떨어졌다.

또 전기가 나갔다.

자옥은 아무도 없는 집에 혼자 앉아 있었다. 불이 나간 세상은 어두웠다. 별도 뜨지 않는 밤에, 개 짖는 소리만 공허한 동네에 울려퍼졌다. 자옥은 폐지에 불을 붙였다. 구인 광고, 헬스클럽 전단지, 과외선생 모집 같은 종이들이 타닥타닥, 소리를 내며 타올랐다. 불은 제대로 타지도 않고 금세 꺼질 것 같았다. 자옥은 불이 붙은 종이를 고장 난 리어카 안으로 던졌다. 온갖 박스와 폐지들이 뒤섞인 리어카에 불길이 번졌다. 자옥은 턱을 괴고 생각에 잠겼다. 불길 속에서, 따뜻한 남쪽 나라가 무너지고 있었다.

결국, 아무것도 할 수 없다. 돈도 벌 수 없고, 예전처럼 돌아갈 수도 없다.

자옥은 방에 들어가 침대 밑에 놓아두었던 상자를 가지고 나왔다. 상자에서 엄마의 편지들을 꺼내 하나씩 읽었다. 하얀 종이에 검정 글자들, 거기에선 더이상 아무

것도 느껴지지 않았다. 자옥은 불길 속으로 편지들을 하나하나 던져 넣었다. 마지막으로 스노우볼을 꺼냈다. 엄마를 만나면 주려고 했던 선물. 이제 그런 건 다 꿈 같은 이야기다. 자옥은 잠시 망설이다 스노우볼도 불 속에 함께 넣었다. 하얀 인공 눈이 불길 속으로 사라져 갔다.

실수로 잘못 누른 핸드폰에서 음악이 흘러나왔다. 중식이 밴드의 '여기 사람 있어요'라는 노래가 아무 일도 없다는 듯이 태연하게 재생되었다. 자옥은 노래를 끌까 하다가 계속 듣기로 했다. 조용히 노래를 따라 불렀다.

여기 사람이 있어,
무너진 건물 당신 발 밑에

자옥이 앉아 있는 바닥으로 눈물 한 방울이 떨어졌다. 자옥은 눈가를 닦았다. 아무도 보지 않아서 다행이었다.

현실은 음악과 결코 같지 않다.

키보드-지호

"왜 카톡에 답장 안 했어?"

지호는 커피숍에 앉아 레모네이드를 마시며 제오의 눈치를 보는 중이었다. 제오는 앞에 놓인 핫초코에는 눈길도 주지 않고 화를 내고 있었다. 이럴 때 제오는 조금 무서웠다. 아니, 조금보다는 더, 많이 무서웠다. 지난번 버스킹 때, 계속 오는 카톡 알림에 핸드폰을 꺼 놨던 것이 문제였다. 연주 중에는 연락을 바로 하기가 어려운데도, 그래서 미리 말해뒀는데도 제오는 우선순위를 따졌다. 연주와 자신 중에서 어느 것이 더 중요한가, 하는. 제오가 자신을 좋아한다는 걸 알고 있지만, 그래서 이해해야 한다고 생각하면서도 지호는 그런 제오의 태도에 피곤했다. 지호는 이 순간이 빨리 지나가기를 바라며 조용히 제오의 말을 듣고만 있었다. 뭐라고 말 좀 해 보라는 제오의 추궁에도, 지호는 대꾸할 말을 찾지 못했다. 대답을 해야 한다는 건 알고 있었지만 입이 떨어지지 않았다.

"답답하다고!"

제오가 갑자기 소리를 질렀다. 지호는 깜짝 놀라 제오를 쳐다봤다. 제오의 눈빛이 달라져 있었다. 초콜릿색이다. 지호는 빨대에서 입을 뗐다. 제오가 핸드폰을 탁자에 쾅, 하고 내려놓았다. 커피잔이 넘어지면서 핫초코가 탁자에 흘렀다. 핸드폰에서 떨어져 나온 조각이 튀면서 뺨을 스쳤다. 지호는 갑작스런 광경에 얼어붙은 채로 눈을 감았다.

"미안해."

지호는 눈을 떴다. 꿈이었을까, 생각했지만 꿈이 아니었다. 핫초코가 바닥에 뚝뚝, 떨어지며 제오의 운동화 앞쪽을 검게 물들였다. 춥지도 않은데 몸이 떨렸다.

"나 좀 봐."

제오의 말에, 지호는 제오를 바라봤다. 옅은 갈색 눈동자가 다시 돌아와 있었다. 늘 알고 지내던 제오였다. 이제 다 지나간 거가. 지호는 시선을 떨어뜨렸다. 검게 물든 제오의 운동화를 바라봤다. 과연 이번이 끝일까, 확신할 수 없었다. 이렇게 순간을 견디는 게 답이 아닐 수도 있다는 생각이 들었다. 갑자기 모든 게 다 지겹게 느껴졌다.

"그냥 헤어지자."

"내가 잘못했다니까."

제오가 지호의 손을 꽉 잡으며 말했다. 네 번째 손가락에 낀 반지 때문에 손가락이 아팠다. 손을 빼내려 했지만 제오는 놓아주지 않았다. 지호를 보는 눈빛이 간절했다. 용서를 바라는 눈빛. 지호는 저 눈빛을 알고 있었다. 이렇게 한 번씩 싸우고 난 후 제오가 늘 짓던 표정이었다. 등줄기에 식은땀이 솟았다. 어제 봤던 끔찍한 영화를 반복해서 보고 있는 것 같았다. 빨리 이곳을 벗어나고 싶었다.

"잠시 화장실 좀 다녀올게."

제오가 손을 놓아줬다. 피가 통한 손바닥이 전기라도 흐른 듯 찌르르했다. 지호는 에코백을 들고 화장실로 갔다. 물을 틀어놓은 뒤, 세면대 앞에 서서 거울을 봤다. 뺨에 작은 상처가 나 있었다. 아까 핸드폰 조각에 스친 자국이었다. 찬물을 손에 담아 세수를 했다. 상처 부위가 쓰라렸다. 손수건으로 조심조심 얼굴을 닦았다. 하얀 손수

건에 엷은 피가 배었다.

화장실 문틈으로 제오의 행동을 살폈다. 제오는 냅킨으로 탁자를 닦으며 간간이 화장실 쪽을 보고 있었다. 지호가 나오기만을 기다리는 모습이 두렵기도 하고, 한편으로는 딱해 보이기도 했다. 지호는 백에서 부르카를 꺼내 걸쳤다. 양갈래로 땋은 머리에 하얀 스웨터와 청바지를 입은 지호는 부르카 속으로 숨었다. 조심스럽게 화장실을 나왔다. 가게 안의 사람들이 이상한 눈으로 쳐다봤다. 제오도 고개를 들어 이쪽을 봤지만, 그게 지호라는 생각은 하지 못하는 것 같았다. 지호는 잠깐 제오를 쳐다보다, 이내 고개를 숙이고 재빨리 커피숍 밖으로 빠져나왔다.

강은 깊이를 알 수 없었다. 지호는 강을 가로지르는 다리에 걸터앉아 아래를 쳐다봤다. 석양이 천천히 강물을 물들이고 있었다. 강물이 핏빛으로 붉었다. 아직도 얼얼한 뺨을 쓰다듬었다. 망치에라도 맞은 것처럼 기분이 멍했다.

헤어지고 싶다.

제오는 한번씩 분노를 조절하지 못하고 폭발했다.

가장 큰 이유는 밴드 활동과 연락 문제였다. 특히 대회를 앞두고 연습 시간이 늘어나자, 자주 만나지 못한다면서 불만을 드러냈다. 또 카톡을 읽고 제때 답장을 하지 않거나 전화를 조금이라도 늦게 받으면, 화를 참지 못했다. 그럴 때는 어떻게 해도 제오를 말릴 수 없었다. 그저 그 폭풍 같은 시간이 지나가기를 기다릴 뿐.

헤어지고 싶지 않다.

제오가 직접 폭력을 휘두른 것은 아니었다. 지호를 때리거나 밀친 적은 없었다. 그저 물건을 집어던지거나 큰소리로 화를 냈을 뿐이다. 제오는 말했다. 너를 좋아하니까 그러는 거라고. 지호는 그 말을 믿었다. 제오와 처음 만나던 때를 떠올렸다. 다리 위에 위태롭게 서 있던 지호에게 손을 내밀던 모습. 서로의 손이 닿았던 그때, 지호는 더이상 외롭지 않다고 느꼈다.

에코백에서 신경정신과 약을 꺼냈다. 예전에 처방받았던 약이 두툼하게 약봉지 안에 들어 있었다. 듀미록스, 인데놀, 아빌리파이, 브린텔릭스…… 제오와 어울리느라 병원에 가지 않은 지도 오래되었다. 지호는 망설임 없이 약을 쏟아버렸다. 하얀 알약들이 강물에 조약돌처럼 떨어지다 이내 사라졌다. 지호는 다리 위로 올라섰다.

마지막 합주

3333년, 부르카 유랑단이 바퀴 달린 행성 대관람차를 타고 우주를 여행한다…….

설국 열차를 타고 달리는 부르카 유랑단의 얼굴에 웃음이 가득하다. 세상은 온통 하얗고, 눈은 그칠 줄을 모른다. 저 멀리 들판에 사슴과 기린과 펭귄과 사자가 뛰어논다. 아무도 없는 간이역에 기차가 선다. 문이 열린다. 눈덮인 언덕을 뛰어 올라간다. 대나무 장대로 스키를 만들어 탄다. 스키가 지나간 자리에 눈보라가 날린다. 눈밭에 넘어지고 굴러도 아프지 않다. 스키 타기가 지겨워지면 눈싸움을 한다. 야구공 모양으로 눈을 뭉쳐 던진다. 공중에서 눈

219

덩이가 흩어진다. 사방에 가늑한 눈을 굴려 제 키보다 큰 눈사람을 만든다. 숯으로 눈, 코, 입을 박아넣은 동글동글한 눈사람이 나뭇가지로 V자를 그린다. 기차가 다시 출발할 때까지 하얀 눈 위를 걷는다. 눈 위로 선명한 발자국이 남는다. 곧 눈으로 덮여 사라질 흔적을 남기고, 기차는 출발한다.

마음만으로는 할 수 있는 일이 별로 없다.

아지트에 모인 네 명은 말이 없었다. 지호가 지각을 했지만 아란도, 다른 어느 누구도 잔소리를 하지 않았다. 그동안 아란만이 꼬박꼬박 들렀을 뿐 아지트는 오랫동안 비어 있었다. 겨울을 대비해 가져다 놓은 구식 전기난로가 쓸쓸하게 한편에 놓여 있었고, 먼지 쌓인 악기들이 오래 묵은 골동품처럼 공간을 차지했다. 돌리는 인도 콜카타로 돌아가기 전에 들렀고, 자옥도 한참 만에 얼굴을 드러낸 참이었다.

자옥이 갑자기 밴드를 해체하자고 했을 때 예상했던 일인 듯 누구도 놀라지 않았다. 돌리는 인도 콜카타로 돌아가기로 했고, 자옥은 할머니 간병과 아르바이트로 바빴다. 이미 사실상 해체 상태였다. 아란은 학교 생활에,

지호도 치료에 전념하기로 했다. 서로는 각자 생각에 잠긴 채로 할 일을 했다. 아란은 벽에 기대 서서 풍선껌을 씹었고, 자옥은 주섬주섬 장비를 챙겼다. 돌리는 소파에 앉아 무료하게 핸드폰을 보고, 지호는 쉴 새 없이 오는 카톡에 질려 핸드폰을 끄고 멍하니 앉아 있었다. 문틈으로 스산한 바람이 불어왔다. 자옥이 난로가 제대로 작동하는지 살펴보더니 전원을 켰다.

"이거 봐."

돌리가 핸드폰을 들어 보였다. SNS에 올렸던 뮤직비디오에 대한 반응이 올라왔다. 그새 조회수는 더 늘어나 있었고, 부르카 유랑단을 응원하는 댓글들도 많이 달렸다. 세 명은 돌리 옆에 붙어서 댓글을 보며 킥킥거렸다.

부르카 유랑단, 응원합니다!
열심히 하는 모습 보기 좋아요.
병맛 뮤직비디오 재밌어요 ㅋㅋ~.

난로 열기 때문인지, 창문 하나 없는 작은 공간이 그래도 조금 따뜻해졌다. 넷은 난로에 한 손씩 대고 따뜻함을 나눴다. 이런 분위기에 딱이라며 돌리가 음악을 틀었다. BTS의 '봄날'이 흘러나왔다. 부컬의 몽환적인 목소리와 감성을 적시는 랩이 음악 전반에 흐르는 사이렌 소리와 어우러져 환상적인 느낌을 자아냈다. 겨울은 깊어가지만 당장이라도 봄이 올 것만 같았다. 넷은 각자 생각에 잠긴 듯한 얼굴로 음악을 들었다.

"근데 나 사실……."

아란이 뭔가 할 말이 있는 것처럼 머뭇거렸다. 별다른 의심 없는 얼굴로 세 명이 아란을 돌아보았다.

"밴드 경연대회 접수표랑 초대권 받아 왔어."

"뭐라고?"

생각지도 못한 아란의 말에, 셋이 합창이라도 하듯 입을 맞췄다.

"순서도 좋아. 맨 마지막 하이라이트야."

"그러니까 지금, 그게 무슨 소리야?"

자옥이 무슨 말인지 이해가 안 간다는 눈으로 아란을 쳐다봤다.

"그러니까……."

아란이 숨을 골랐다.

"해체는 했어도 공연은 해야 돼."

얼빠진 얼굴로 있던 세 명이 서로를 쳐다봤다. 곧 경

기 종료를 앞둔 복싱 경기에서 강한 카운터펀치라도 맞은 듯했다.

"이제 보컬도, 베이스도 없는데."

"경연대회에 나간다고 붙는다는 보장도 없잖아."

확신 없는 얼굴로 돌리와 지호가 한 마디씩 털어놓았다.

"그래도 우리들……, 열심히 연습했잖아."

아란이 얼굴을 붉히며 말을 이었다.

"끝은 내야지. 뭐, 아주 근사하게는 안 되겠지만."

아란이 말을 끝냈다. 침묵 속에서, BTS 노래만 배경음악처럼 은은히 흘렀다. 셋이 일제히, 처음 밴드의 해체를 제안했던 자옥을 봤다. 자옥이 갑자기 일어서더니 핸드폰에서 흘러나오는 음악을 껐다. 아란이 몸을 움찔했고, 돌리와 지호도 자옥의 눈치를 살폈다. 아지트에 어색한 공기가 흘렀다. 자옥이 무대로 다가가더니 먼지 묻은 악기를 닦기 시작했다.

"뭐해? 연습 안 하고."

자옥이 베이스를 손에 들었다. 자옥의 말에 세 명이 일어섰다. 부르카들의 얼굴에 안도의 웃음이 번졌다. 늘 서던 자리로 가서 섰다. 부옇게 먼지 낀 악기를 조심스레 털었다. 악기 세팅을 끝내고, 자옥이 손을 내밀었다. 넷이 하이파이브를 했다. 유랑단의 상징, 부르카를 뒤집어썼다. 고양이와 리본, 해바라기와 나비 모양의 머리띠가 검은색 부르카 위에 장식이 되어 주었다. 자옥의 베이스 연주를 시작으로, 부르카 유랑단이 마지막으로 합주를 하기 시작했다.

기타-아란

언제나 그렇듯이, 혼자 먹는 밥은 적응이 되지 않는다.

아란은 학교 옥상 바닥에 쭈그려 앉아, 편의점 도시락을 올려놓았다. 플라스틱 용기 안에 든 돈가스며 깍두기가 시들했다. 일회용 나무젓가락으로 밥을 집어 입안에 넣었다. 마른 밥알이 씹혔다. 퍽퍽해서 목이 막혔다. 그래도 계속 젓가락질을 했다. 도시락의 맛과 상관없이 배는 고팠고, 밥을 남겨서 처치 곤란한 음식물 쓰레기를 만들 수는 없었다.

다시, 돌아왔다. 익숙한 자리로. 불편함은 여전했지만 한편으로 안도감이 들기도 했다. 더이상 남들의 시선을 신경 쓸 필요가 없었으니까. 급식실에서의 반란은 한 학기도 되기 전에 수그러들었고, 아란은 패잔병처럼 후방으로 물러났다. 애도할 필요는 없었다. 아란은 한때 과거의 영광에 취하기보다는 지금 이 순간의 밥맛에 집중하기로 했다.

"잘 먹었습니다."

다 먹고 난 뒤 하는 감사 인사만이 버릇처럼 남았다. 빈 도시락 용기를 쓰레기통에 넣고 내려왔다. 점심시간은 아직 남아 있었다. 몇몇 아이들은 운동장 트랙을 따라 산책을 했고, 또다른 몇몇은 공을 가지고 노는 중이었다. 스탠드에 앉아 유튜브를 보는 아이들, 추억의 고무줄 놀이를 하는 아이들도 있었다. 모두가 무리를 지어 움직이고 있었다.

아란은 새떼처럼 모여 있는 아이들을 피해 걸어갔다. 어느덧 겨울이었다. 바람이 제법 싸늘하게 불었지만, 목덜미에 내려앉는 햇빛은 따스했다. 교복 재킷을 여미며 종종걸음을 쳤다. 한 아이가 수돗가에서 물통을 들고 서 있었다. 아란은 고개를 들었다. 입에서 바람 빠진 것 같은 소리가 빠져나왔다. 선미가 서 있었다. 가벼운 운동이라도 한 뒤 목을 축이려고 온 것 같았다.

아란을 본 선미가 주춤거리더니 눈치를 봤다. 다행인지 불행인지 사람이 없었다. 선미가 어색하게 인사했다.

"안녕?"

마치 아무 일도 없었다는 듯이. 선미는 여전했다. 귀밑까지 오는 단발머리에, 얼굴을 덮은 동그란 안경, 하얀 피부. 쑥스러운 듯 숙인 고개와 깊게 팬 보조개.

"잘 지냈어?"

아란의 물음에 선미가 고개를 끄덕였다. 아란은 운동화 끝으로 땅바닥을 콕콕 찍었다. 선미의 하얀 스니커즈 위로 흙이 튀었다. 방금 전 먹었던 도시락이 식도에 걸린 것처럼 서걱거렸다. 아란은 수도꼭지를 틀었다. 찬물에 입을 대고 물을 마셨다. 선미도 옆에서 물통에 물을 담았다. 아직 목이 말랐지만, 아란은 수도꼭지를 잠그고 물러섰다. 어색한 분위기를 깨 보려는 듯, 선미가 뭐라고 말을 걸 듯하더니 말았다.

"그럼, 이만."

짤막한 작별 인사를 한 뒤, 아란은 발걸음을 옮겼다. 다시는 교실로 돌아가고 싶지 않았다.

아무도 찾지 않는 학교 뒤 공용 화장실은 점심시간

을 때울 장소로 제격이었다. 아란은 화장실에 쭈그려 앉아, 세면대 아래쪽에 숨겨 둔 레종 블랙 한 개비를 꺼냈다. 화장실 습기 때문인지 담배가 축축했다. 마음이 외롭거나 쓸쓸할 때면 이게 딱이라고 엄마는 말했다. 예전처럼 진짜로 피워 볼 생각은 없었다. 그저 분리불안을 겪는 어린아이의 애착 인형처럼, 가끔씩 손에 쥐고 위안을 삼을 뿐이다. 화장실 변기 칸마다 문을 열어 사람이 있는지 체크하는 것도 잊지 않았다. 이곳에서 처음으로 돌리와 만났던 때가 생각나 피식, 웃음이 났다.

아란은 불 없는 담배를 입에 물고 자신의 처지를 돌아봤다. 끝나버린 시시한 영화를 다시 돌려보는 것처럼. 아란은 왕따였다. 그것도 학교에서 제일 가는 왕따. 그건 처음부터 그렇게 정해져 있던 거였다. 지구가 태양 주위를 도는 것처럼, 너무 자연스러워 부정할 수 없는 진리 같은 명백함. 찐따 아란은 어디에나 있었다. 혼자 밥을 먹는 아란, 과학실험 시간에 짝을 찾지 못해 남겨지는 아란, 수업 시간에 책상에 엎드려 있는 아란, 피구를 하다 넘어지는 아란, 유행 지난 캐릭터 팬티를 히어로 의상이라도 되는 것처럼 입고 다니는 아란, 그리고……

부르카를 입고 기타를 치는, 찐따 아란.

담배를 다시 세면대 아래쪽에 놔두고 아란은 일어섰다. 전해 줄 것이 있었다. 아란은 학교를 향해 전속력으로 뛰어갔다.

"정지!"

있는 힘껏 소리를 질렀다. 교실로 들어가던 선미가 뒤를 돌아봤다. 아란은 기억 속의 선미를 떠올렸다. 웃을 때 한쪽만 보조개가 패던 선미, 톰 미쉬를 좋아하느냐고 묻던 선미, 지하철역까지 같이 걷던 선미, 급식실에서 밥을 먹는 모습이 멋지다고 말해 주던 선미…….

아란은 선미에게 다가갔다. 교복 재킷 주머니에 구겨놓았던 밴드 경연대회 초대권을 내밀었다. 선미가 의아한 표정으로 아란을 쳐다봤다.

"나 사실은 그 가수 안 좋아하거든."

"뭐?"

"네가 좋아한다고 했던 톰 미쉬, 나는 안 좋아한다고."

음악 하면 역시 록(Rock)이지, 아란이 손가락으로 'Peace'를 그렸다. 선미가 얼빠진 표정을 지었다. 티켓을 건넨 뒤 아란은 교실로 먼저 뛰어 들어갔다. 수업 시작을 알리는 종이 울렸다.

노래-돌리

아빠는 말이 없었다. 32인치 대형 캐리어에 돌리의
짐을 쌀 때도, 평소보다 이른 아침 식사를 할 때도, 공항
으로 가는 택시 안에서 바깥 풍경을 내다볼 때도, 인천공
항으로 들어설 때도. 아빠는 아직 회사에 정리할 일이 남
아 있어, 공항에서 돌리를 배웅해 주고 며칠 뒤에 비행기
를 타고 오기로 되어 있었다.

공항 안은 사람들로 북적였다. 비행기를 타기 위해
체크인을 하는 사람들, 뚱뚱한 캐리어를 저울에 달아보
는 사람들, 가이드의 설명은 아랑곳없이 웃고 떠드는 단

체 관광객들, 두 손을 꼭 잡고 출국장으로 들어가는 신혼부부들…… 그들 모두는 떠난다. 여기가 아닌 저기 어딘가로, 새로운 추억을 만들기 위해, 또 다른 삶을 살기 위해. 돌리는 캐리어를 끄는 손에 힘을 주었다.

공항 안의 사람들은 즐거워 보였지만 돌리는 복잡한 감정이 들었다. 밴드 경연대회에 끝내 참가하지 못했기 때문일까. 아란은 부르카 유랑단 공연을 설득했지만, 돌리는 이미 인도로 가는 비행기표를 예약한 뒤였다. 보컬이 없어도 공연을 잘할 수 있을까, 괜한 걱정이 들었다. 어차피 이제는 소용없는 일이다. 돌리는 고개를 흔들어 한국에서 일어난 모든 일을 잊어버리려 애썼다.

체크인을 하고 짐을 맡겼다. 아침부터 서두른 덕분인지 시간이 남았다. 아빠는 여전히 말이 없었다. 뭐라고 말을 하고 싶었지만, 무슨 말을 해야 좋을지 생각이 나지 않았다. 이어지는 서먹한 분위기에, 시간은 남았지만 먼저 들어가기로 했다.

"아빠, 저 가요."

인사를 하고 출국장으로 들어가려는 순간, 아빠가 돌리를 부르더니 작은 상자 하나를 건넸다.

"선물이다."

무뚝뚝한 한마디였다. 돌리는 눈물이 날 것 같았지만 참았다. 출국장을 향해 몇 걸음 걷다, 뒤를 돌아보았다. 아빠는 그 자리에 계속 서 있었다. 돌리는 손을 흔들었다. 아빠의 모습이 더이상 보이지 않을 때까지.

공항은 크고 넓었다. 돌리는 핸드폰으로 사진을 찍으며 마지막으로 한국의 모습을 담았다. 눈사람처럼 동글동글하고 귀여운 안내 로봇, 한국 전통 기념품을 파는 가게, 한식당과 카페, 크리스마스 기분을 낸 트리, 쉴 새 없이 뜨고 지는 비행기들까지. 평범하지만 곧 그리워질 풍경들이었다. 기념품 가게에서 엽서를 하나 샀다. 눈 내리는 한국의 풍경이 그림처럼 담겨 있었다.

돌리는 탑승구 앞 의자에 앉았다. 엽서를 넣으려다, 아빠가 준 상자를 열었다. 상자 안에는 머리핀이 들어 있었다. 커다란 하늘색 리본이 꽃잎처럼 겹겹이 쌓여 있었고, 가운데엔 큐빅이 박혀 있었다. 돌리는 부르카를 걷고 머리에 핀을 찔렀다. 손거울을 꺼내 자신의 모습을 비춰 보았다. 예뻤다. 눈물 한 방울이 바닥으로 떨어졌다.

비좁은 아지트에서 머리띠를 두르고 합주를 하던 부르카 유랑단의 모습이 떠올랐다. 미래의 슈퍼스타 돌리, 꿈은 거기에 있었다. 사라지지 않고 자신을 기다리고 있었다.

비행기에 탑승하라는 안내 방송이 나왔다. 저 멀리
투명한 유리창 너머로 이륙하는 비행기가 보였다. 비행
기를 타려는 사람들이 차례차례 탑승구로 나가고 있었
다. 돌리는 주머니에서 두 개의 티켓을 꺼냈다. 인도로 돌
아가는 비행기 티켓과, 꿈으로 달려가는 경연대회 티켓.

에라, 모르겠다.

돌리는 자리에서 일어섰다. 돌리는 티켓을 들고 뒤
돌아 달렸다. 캐리어 바퀴가 경쾌한 소리를 냈다. 반구형
의 제1 여객터미널 지붕 위로 태양이 떠오르고 있었다.

베이스-자옥

✿

"할머니, 수술 잘 받고 와."

수술실 앞에서 자옥은 할머니의 손을 잡고 말했다. 이동 침대에 누운 할머니가 힘없이 고개를 끄덕였다. 혈관도 잘 보이지 않는 얇은 팔에 링거액이 주렁주렁 달려 있었다. 간호사가 이동 침대를 옮겼다. 수술실 문이 천천히 닫혔다. 자옥은 닫힌 문을 향해 손을 흔들었다. '수술 중'이라는 글자에 불이 켜졌다. 수술 대기실에 앉았다. 앞으로 꼬박 4시간 이상은 여기서 기다려야 할 터였다. 전광판에 환자 번호가 뜨고 상태가 표시되었다. 수술대기, 수술중, 회복중……. 마치 아르바이트하는 패스트푸드점의 번호표 같다고 생각하며, 자옥은 쓴웃음을 지었다.

할머니는 계속 버텼지만 결국 수술을 받게 되었다. 마침 저소득층 의료비 지원 시스템이라는 게 도움이 되어 주었다. 그래도 돈이 아예 들지 않는 것은 아니겠지만. 앞으로 폐지를 더 많이 줍고, 아르바이트를 더 많이 해야할 것이다. 힘은 좀 들겠지만 할머니가 다시 걸을 수 있다면, 모든 게 괜찮다고 생각했다.

수술 때문에 금식했던 할머니를 따라 굶었더니, 배가 고팠다. 자옥은 밖에서 포장해 온 햄버거를 꺼냈다. 대기실 안에 음식 냄새가 풍기자, 다른 보호자들이 눈총을 줬다. 한쪽 구석에 앉아 눈치를 보며 햄버거와 감자튀김을 먹었다. 식은 햄버거는 여전히 맛이 없었고, 감자튀김은 눅눅했다. 너무 급하게 먹었는지 목이 막혔다. 자옥은 가슴을 쓸어내리며 막힌 속을 달랬다.

대기실에 앉아, 갈색 오버코트 품 안에 넣어 놓은 공연 티켓을 만지작거렸다. 크리스마스가 다가오고 있었다. 덩달아 밴드 경연대회 날짜도. 돌리는 인도에 가야 한다고 했지만 아란과 자옥, 지호는 보컬 없이도 어쨌든 공연을 해 보자고 결정을 내린 상태였다. 그나마 강점이던 보컬이 사라졌으니 불리함이 컸지만, 아란의 말대로 연습했으니까 끝을 보고 싶었다.

자옥은 품에서 티켓을 꺼냈다. 빳빳한 재질의 종이 티켓에 대회의 주요 문구가 인쇄되어 있었다. 자옥은 '미래의 스타', '꿈을 펼칠 단 한 번의 기회' 같은 문구를 들여다보며, 처음 밴드를 시작하기로 했을 때 품었던 이상을 떠올렸다. 12월 24일, 크리스마스 이브에 펼쳐지는 공연은 환상적일 것이다. 처음의 꿈이 바랬다고 해도, 연주하는 순간만큼은 영원할 테니까. 자옥은 티켓을 접어 종이 비행기를 만들었다. 대기실 창문 밖으로 종이 비행기를 날렸다.

엄마, 안녕.

12월의 첫눈이 내리기 시작했다.

키보드-지호

지호는 남은 항우울제 한 알을 오도독 씹었다. 다리 위에 서서 본 강은 썰렁했다. 강물은 아무 일도 없었다는 듯이 흘러갔고, 가장자리에는 살얼음이 얼어 있었다. 강물을 핏빛으로 물들이던 석양도 사라지고, 어느새 어둠이 짙어졌다. 도시의 불빛들이 내려앉았다.

문득 인기척을 느끼고 지호는 뒤를 돌아봤다. 거기에 제오가 서 있었다. 지호가 있는 곳이면, 어디에도 있는 제오. 외로울 때마다 힘이 되어주었던 제오. 필요할 때면 곁에서 지켜주던 제오. 같이 있어서 좋았던, 이대로인 채로 좋았던 제오.

"여기 있을 줄 알았어."

다리 위에 서 있는 지호를 향해 제오가 다가왔다. 지호는 조용히 제오를 쳐다봤다.

"내가 더 잘할게."

제오가 손을 내밀었다. 이제 그만 내려오라는 듯이. 지호는 천천히 고개를 흔들었다. 제오가 손을 내민 채로 지호를 올려다봤다. 끝없이 흐르는 강물에도 끝이 있는 것처럼, 모든 것은 끝난다. 이제 작별할 시간이었다. 제오의 갈색 눈동자가 흔들렸다.

"내가 없이, 뭘 할 수 있을 것 같아?"

화를 낼 거라고 생각했지만, 의외로 제오의 목소리는 차분했다. 무엇을 할 수 있을지, 그런 것은 생각해보지 않았다. 지호의 병은 영원히 고쳐지지 않을지도 모르고, 언제까지나 혼자라는 느낌으로 외로울지도 모른다. 제오의 말이 맞을지도 모른다. 결국 아무것도 이루지 못한 채로, 영원히 병원에 다니며 약을 먹으며, 생각보다 시시한 인생을 살게 될 수도 있었다. 하지만.

핸드폰에서 카톡 알림이 울렸다. 연습실에서 보자는 아란의 메시지였다.

"나는 음악을 할 거야."

제오의 눈에서 눈물 한 방울이 떨어졌다. 지호는 다리에서 내려왔다. 이별의 말치고는 꽤 싱겁다고 생각하며, 지호는 아지트를 향해 걸어갔다. 바람이 꽤 차가웠다. 지호는 뒤를 돌아보지 않았다.

공연

　음악이 끝나도 사람들은 떠날 줄을 모른다. 객석은 관객들로 가득 차 있다. 어깨와 어깨가 맞닿은 비좁은 공간 안에 거친 숨소리가 퍼진다. 무대의 불이 꺼진다. 열기는 가시지 않는다. 사람들의 몸에서 소금기 어린 굵은 땀방울이 떨어진다. 관객들이 앙코르를 연호한다. 이대로 돌아가기엔 어쩐지 아쉽다는 듯이. 모두가 같은 마음인 것 같다. 터질 것 같은 흥분감이 객석을 사로잡는다.

　크리스마스를 맞은 거리는 활기로 넘쳐 있었다. 환한 네온사인이 하늘을 찌를 듯이 높은 건물을 둘러싸고 반짝거렸고, 커다란 눈사람 모양의 장식물이 지나다니는 사람들의 이목을 끌게 했다. 구세군 자선냄비의 종소리가 청량하게 울려퍼지고, 두꺼운 패딩 조끼를 입은 사람들이 저마다 광고 전단지를 나눠 줬다. 스티커를 건네 주며 설문 조사를 요청하는 시민단체, 지하철역 앞에서 '빅이슈' 잡지를 파는 판매원, 쇼핑을 하러 나왔거나 가벼운 마음으로 거리를 걷는 사람들까지, 다양한 인파들이 동대문 거리를 가득 메웠다.

급하게 뛰어온 부르카들이 숨을 헉헉거렸다. 아란은 미용실에서 머리와 화장을 하느라, 돌리는 그런 아란을 기다리느라, 자옥은 아르바이트 때문에, 지호는 병원에서 상담을 받고 오느라 모두 조금씩 늦은 참이었다. 동대문디자인플라자(DDP) 어울림광장은 생각보다 크고 넓었다. 세팅된 무대를 중심으로 해서, 관객들이 반원형으로 계단까지 빼곡히 차 있었다. 순수하게 밴드를 응원하러 온 사람들과, 밴드의 가족들과 친구들, 데이트하는 연인, 우연히 지나가다 흥미를 느끼고 눌러앉은 사람까지 관객들의 구성은 다양했다. 추운 날씨에도 불구하고 크리스마스 이브의 공연장엔 열기가 느껴졌다. 참가 밴드는 총 열 팀이었다. 무대에선 이미 공연이 진행되고 있었다. 무대 뒤쪽에 마련된 밴드 대기실로 향했다. 공연이 끝날 때마다 박수와 환호 소리가 터져나왔다.

조명이 다시 켜진다. 어두웠던 무대가 한순간에 밝아진다. 사람들이 환호성을 지른다. 네 명이 무대 위로 뛰어나온다. 오늘의 무대를 빛낸 주인공들이다. 그들은 감격스러운 얼굴로 객석을 향해 인사를 한다. 아니, 얼굴은 보이지 않는다. 그들은 이슬람 전통의상인 부르카를 머리부터 발끝까지 둘러썼다. 천장의 조명이 스포트라이트를 비춘다. 태양처럼 눈부신 빛이 부르카의 검은색과 대비되어 더욱 극적으로 보인다.

"와, 잘한다."

앞 팀에서 앵콜 요청이 나왔다. 비틀즈를 트리뷰트한 밴드였는데, 'Don't Let Me Down'을 완벽히 재현해 관객들의 호응이 높았다. 특히 링고 스타의 드럼은 싱크로율이 100프로였다. 앞 팀이 경쟁자라는 사실도 잊고 지호는 환호했다. 아란이 그런 지호의 등허리를 찔렀다. 넋나간 표정으로 공연을 감상하고 있는데, 안내 방송이 나왔다.

"부르카 유랑단은 무대 뒤에서 준비해 주시기 바랍니다."

드디어 차례가 돌아왔다. 네 명은 하이파이브를 했다. 급하게 의상을 갈아입고 머리띠를 했다. 시커먼 부르카를 뒤집어쓰자, 대기실에 있던 사람들이 이상한 눈초리로 쳐다봤다.

고양이 귀 모양 머리띠를 한 부르카가 기타를 잡는다. 폭발하는 듯한 강렬한 사운드가 무대를 휘감는다. 관객들의 환호성이 커진다. 해바라기 모양의 머리띠를 걸친 부르카가 베이스를 어깨에 걸친다. 규칙적인 베이스 소리가 질주하는 기타음에 맞춰 안정적으로 어우러진다. 나비 무늬 머리띠를 한 부르카가 키보드 건반 위에 손을 올려놓는다. 단조롭던 화음이 더욱 풍성해진다. 사람들이 반주에 맞춰 몸을 흔든다. 마지막으로 리본 머리띠를 하고 부르카를 입은 주인공이 마이크에 입을 갖다 댄다. 독특하면서도 감미로운 미성이 마이크를 타고 흘러나온다. 어디서도 들어보지 못한 목소리가 공간을 타고 하프처럼 공명한다. 사람들의 눈이 홀린 듯 무대로 고정된다.

"안녕하세요, 우리는……."

인사를 하던 돌리가 갑자기 할 말을 잊고 더듬거렸다. 몇 번 입을 벙긋하더니 더이상 말이 나오지 않는지 발을 동동 굴렀다. 긴장이 아직 제대로 풀어지지 않은 것 같았다. 마이크를 쥔 손이 떨리고 있었다. 관객석에서 수군거리는 소리가 들렸다. 어쩔 수 없이 아란이 마이크를 들어 대신 인사를 했다.

"부르카 유랑단입니다."

전국노래자랑도 아닌데, 지호가 키보드로 딩동댕 소리를 쳤다. 관객석에서 실소가 터졌다. 옆에 서 있던 자옥이 오늘 왜 이러냐며 옆구리를 쳤다. 아니, 난 분위기 좀 띄우려고. 지호가 귓속말로 자옥에게 속삭였다. 아란이 돌리에게 다가가 괜찮은지 물었다. 심호흡을 한 돌리가 괜찮다는 사인을 보냈다. 자옥이 베이스를 잡고 인트로를 연주하기 시작했다. 그걸 신호로 아란과 지호도 악기를 잡았다. 돌리가 무대 가운데에 서서 마이크를 들었다.

연주가 시작되었다.

공연이 다시 시작된다. 관객석이 불 지핀 열기구처럼 달아오른다. 누군가는 휘파람을 불고, 누군가는 리듬에 맞춰 박수를 치고, 누군가는 무지개색 깃발을 흔든다. 누군가는 춤을 추고, 누군가는 노래를 따라 부른다. 옆에 서 있는 연인과 달콤한 키스를 나누거나, 부르카 4인방의 이름을 연호하는 이도 있다. 밤이 깊어가도 누구도 떠날 줄을 모른다. 지금 이 순간이 영원히 계속되기라도 할 것처럼. 사람들은 웃고, 노래하고, 온 힘을 다해 소리지른다. 펜스가 보이지 않을 정도로 드넓은 야외무대 위로, 달궈진 팬처럼 뜨거운 보름달이 뜬다. 공연이 계속된다.

악기에 묻혀 보컬의 노랫소리가 제대로 들리지 않았다. 늦게 온 탓에 리허설도 없이 무대에 오른 것이 문제였다. 세팅을 제대로 하지 않은 악기에서 뒤죽박죽으로 소리가 흘러나왔다. 돌리가 목소리를 크게 내 보려고 노력했지만 그럴수록 목소리만 더 갈라질 뿐이었다. 튜닝이 제대로 되지 않은 기타에서 비명 같은 소리가 터져나왔다. 사람들이 귀를 막았다. 민망해진 아란이 헤드뱅잉을 하며 분위기를 띄우려 노력했다. 후렴구 부분을 부르던 돌리가 마이크를 관객석으로 넘겼다. 아무도 따라 부르지 않았다.

수군대던 소리가 웅성거림으로 바뀌었다. 하나 둘,

관객들이 빠지기 시작했다. 웅성대는 소리가 더욱 커졌다. 누군가가 지겹다는 듯 손부채질을 했다. 저건 무슨 장르야? 누군가가 옆 사람에게 물었고, 누군가는 하품을 했고, 또 누군가는 핸드폰을 들여다보며 딴짓을 했다. 분위기를 살리기 위한 몸부림이 커질수록 이탈하는 사람들도 많아졌다. 사람들로 꽉 차 있던 어울림광장이 듬성듬성 비어가기 시작했다.

아란은 관객석에서 친구들을 본다. 꽃다발을 든 선미가 리듬에 맞춰 가볍에 몸을 흔든다. 세라와 난희, 다영이, 민머리 체육샘, 그리고 많은 친구들이 아란에게 주목한다. 화려한 기타 솔로에 친구들의 환호성이 높아진다. 돌리는 아빠의 모습을 본다. 쿠르타를 벗어던진 아빠가 즐거운 듯 춤을 춘다. 자옥은 할머니와 엄마를 본다. 두 손을 꼭 잡은 할머니와 엄마가 자옥을 흐뭇하게 바라본다. 지호는 환하게 웃고 있는 수많은 팬들을 본다. 지호도 한쪽 손을 들어 화답해 준다.

어딘가에서 물병이 날아왔다. 사운드가 엉망이 될수록 사람들의 웅성거림도 커졌다. 웅성거림은 이제 원성으로 바뀌었다. 귀를 틀어막는 사람들, 대놓고 야유를 보내는 사람들, 이제 그만하라며 진절머리를 내는 사람들, 주최 측에 항의를 하는 사람들, 일찌감치 자리를 떠나는 사람들…… 하지만 공연을 포기할 수는 없다. 이건 다른 누구도 아닌, 우리의 공연이니까. 하늘에서 눈이 내리기 시작했다. 아란과 돌리, 자옥과 지호는 마지막 퍼포먼스를 실행하기로 했다.

네 명은 동시에 부르카를 벗어던졌다.

네 개의 부르카가 이제 막 이륙하는 비행기처럼 하늘을 날았다.

끝.

책 속에 언급된 노래

이 책에 언급된 노래는 각각 다음과 같다.

♪ 에스파 '위플래시'

♪ 너바나(Nirvana) 'Come as you are'

♪ JD1 '책임져', 'I like that' / 가사 한 줄 삽입

♪ 이매진 드래곤즈(Imagine Dragons) 'Natural'

♪ 로열 블러드(Royal Blood) 'Little Monster'

♪ 고효경 '다시, 봄' / 가사 두 줄 삽입

♪ 마이 케미컬 로맨스(My Chemical Romance) 'Welcome to the Black Parade'

♪ 엠패틱(Emphatic) 'Put Down The Drink'

♪ 톰 미쉬(Tom Misch) 'Geography'

♪ 펀(Fun) 'We are young'

♪ M.I.A 'Bad Girls'

♪ 크랜베리스(Cranberries) 'Dreams', 'Zombie'

♪ 데이식스 '한 페이지가 될 수 있게', '예뻤어'

♪ 중식이 밴드 '여기 사람 있어요' / 가사 한 줄 삽입

♪ BTS '봄날'

♪ 비틀즈 'Don't Let Me Down'

작가의 말

소설을 구상한 건 2017년 즈음이었다. 부르카를 입은 여성들의 이야기를 다룬 인도 영화 '부르카 속의 립스틱'을 보고 아이디어가 떠올랐다. 소설 속 부르카 유랑단이 입는 것은 엄밀히 말하면 니캅에 가깝다. 소설적 허용이라고 생각하고 부르카로 통칭했다. 아란, 돌리, 자옥, 지호를 세상에 내보일 수 있게 되어 기쁘다. 결코 만만하지만은 않은 세상 속에서, 꿈꾸는 밴드 부르카 유랑단이 상처를 딛고 일어서 당당하게 나아갈 수 있었으면 좋겠다.

소설을 쓰면서 너무나 많은 사람들의 도움과 응원, 격려를 받았다. 미국에 거주하는 사람이 두 명이나 있어 미국

장편으로 불리는 소설 스터디 권, 남, 박, 채, 최 작가님. 장편소설 수업 후속 모임의 김, 임 작가님. 문장으로는 따라갈 사람이 없는, 세련되고 감각적인 편집 박쟉 님. 아무책방의 시작과 끝을 함께하는 최애 디자인 김기현 님. 부르카 유랑단의 캐릭터에 꼭 맞는 경쾌하고 맑은 일러스트 스갱 님. 독서 스터디와 셋이서 문학관 동지들. 단편 스터디 김, 송, 이, 장, 정 작가님. 다세대 북페어 동지들. 12월 송년회를 함께하기로 한 초기 스터디 멤버. 소설을 쓸 수 있게 아낌없는 격려와 응원을 보내주신 강태식, 강영숙, 서유미, 심아진, 윤치규 작가님. 재능과 끈기를 물려주신 부모님과 내 가족. 사랑하는 조카 정성하, 정민하. 반짝이는 아이디어로 개성적이고 멋진 서사를 만드는 스토리텔링 천재 허명진. 모두 행복하고 즐거운 나날이 되기를 바란다.

앞으로도 계속 소설을 쓰려고 한다. 지치고 힘들 때도 있지만 포기하지 않고 계속 쓰겠다.

2024. 12. 24.
크리스마스 이브에, 박혜영.

부츠카 유랑단

1쇄 발행 2024년 12월 24일

지은이 박혜영

편집 박선경
디자인 김기현
일러스트 스갱

펴낸이 박혜영
펴낸곳 아무책방
주소 서울시 은평구 서오릉로 253 102동 702호(03424)
등록번호 제2021-000072호
전화 010-5298-0631
이메일 amubooks@naver.com
인스타그램 @amubooks
홈페이지 amubooks.modoo.at

ISBN 979-11-989918-0-5

이 도서는 2024년 문화체육관광부의
'중소출판사 성장부문 제작 지원' 사업의 지원을 받아 제작되었습니다.